José Manuel Vicente

El incorregible Marcial

TANDAIA

Cosecha_001

Rúa Uxío Novoneyra, 2
Santiago de Compostela
15706 A Coruña

Mail: tandaia@tandaia.com
www.tandaia.com

ISBN 978-84-942585-1-0
Depósito legal: C 840-2014

Diseño y maquetación: Tandaia, s.c.
Imprime: Estilo Estugraf Impresores, s.l.

DEDICATORIA

Con el contenido de esta novela, quiero romper una lanza por aquellos a los que en ocasiones su fama les precede inmerecidamente en la mayoría de los casos, negándoles la oportunidad de demostrar si se corresponde o no con la verdad de sus obras, que en la práctica es lo único que a todos nos debería importar, una vez eliminada la hipocresía de nuestros atávicos comportamientos.

«Por sus obras los conoceréis»
Mateo 7, 15—20.

CAPÍTULO 1

Marcial y su destino

A sus cuarenta y nueve años Marcial era un irrespetuoso redomado que, a vueltas de todo, solo se ocupaba del trato social que en la madurez de su vida fuera a recibir, como resultado de la siembra que se arrogó haberse labrado desde que tuvo conocimiento; pero nada fue lo que esperaba, y jamás concibió que pudiera ser así. ¿Qué hice yo para merecer esto?, se preguntaba repetidamente cuando le fueron dando de lado sin que ninguna causa justificase actitudes tan poco receptivas hacia su persona —a la que mantuvo como ejemplo de calidad humana y de desinterés personal—, habiendo procurado beneficiar al prójimo por los sitios donde previamente anduvo.

En sentido figurado y creyéndose injustamente tratado se tiró al monte, despojándose de la careta protectora con la que había logrado sobrevivir más bien que mal para perder la compostura y llamarle a las cosas por su nombre. «Al pan, pan, y al vino, vino», decía orgulloso mientras miraba con ademán altanero a todo ser viviente que en su camino se cruzaba.

—No seas así Marcial —le aconsejaba Mario viéndolo en ocasiones poner la carreta delante de los bueyes—. ¡Que así el carro no anda! —insistía su bienintencionado amigo.

—Bastante calor me da a mí —era la respuesta que escuchaba a cada llamada de atención—. Mario, no tienes ni idea de por dónde repican las campanas, únicamente las oyes tocar a arrebato, y piensas que hay que acudir como corderitos bien receptivos y disciplinados a su tañer. ¡Que la personalidad está para algo, joder! Y la voluntad de la persona lo puede todo, aunque tengas que pasar hambre debajo de un puente… y déjate de gaitas que aquí los ritmos los marcamos nosotros, y quien quiera bailar a nuestro son que se nos una, pero nosotros no lo haremos al suyo.

»¡Mario, escúchame bien! No tolero a esta sociedad, no aguanto más esta vida, no me soporto a mí mismo… ¿lo entiendes? Otra cosa es que mientras continúe en este mundo me dedique a dar guerra delante de cualquier altavoz que se me ofrezca y, como ninguno tengo, chillaré todo lo que pueda para que mi voz llegue al máximo número de oídos posibles. Que me escuchen y reflexionen con mis palabras sobre la existencia tan respetuosa que engalana sus alrededores, y que no consiste más que en un fino papel de fumar consumiéndose en cuanto le prendes fuego, dejando por todo rastro unas minúsculas cenizas al igual que en muchos casos hacen con la gente, después de utilizarla y de quemarla hasta la boquilla; el cigarrillo se apagará en cuanto la combustión alcance el filtro.

»Pero yo pienso ser el *anticigarro*; todo mi recorrido se consumió, y si nada más me queda, esta garganta será la que más alce la voz, y la que con mayor firmeza pronuncie las verdades del barquero. Nadie me puede callar más que yo mismo, distinto será que no me oigan, pero ese será su problema y no el mío; allá con sus conciencias. Por mi parte pienso descargar la mía hasta dejarla vacía de ruindades, rencores, egoísmos y falsedades. Y ocupar todo ese espacio con una nueva fe que no será otra que la de mi propia tranquilidad, siendo decente conmigo mismo y coherente con lo que sé y con lo que a diario veo.

Marcial se acababa de convertir recientemente en un jubilado más, víctima de una regulación de empleo originada por la galopante crisis económica, pasando a formar parte de esos que de un día para otro vadean el río, cambiando la orilla del protagonismo y del trabajo activo por la otra margen sin saber muy bien porqué; en la que el anonimato se confunde con el tiempo libre, y con las tremendas dudas que surgen acerca de qué hacer con este.

El día que lo jubilaron dio un salto cualitativo del que no tuvo conciencia plena hasta meses después. Inicialmente lo tomó como si el periodo vacacional de ese año se prolongara excesivamente, hasta comprender que tal descanso le acompañaría desde entonces ya para el resto de sus días. No le pareció que la nomenclatura de la nueva situación se asemejara a ninguna percepción jubilosa que en su ánimo anidara, después de haber perseguido y conquistado ese objetivo a fuerza del transcurrir de los años, y no por méritos propios.

Se dice que la juventud es la única enfermedad que se cura con el tiempo, y Marcial se consideró bien sano y capaz, ahora únicamente necesitaba saber en qué puñetas iba a ocupar esas dos virtudes que se atribuía. Porque si tan sano estaba y tan capaz era, ¿qué hacía mano sobre mano, dejando que el día venidero sustituyera al anterior?

Y así ir encadenándolos *sine die.*

Se sentía preso de unas ideas retrógradas, que luchaban por hacerse un lugar entre avanzadas emociones cuasi libertarias y pendientes de desarrollar, según las notaba palpitar en su corazón. Era joven de espíritu e ilusiones y el físico le acompañaba cuando se miraba al espejo —no es que fuera un chaval pero casi, a fin de cuentas la edad se ubica en la mente aunque mida la longevidad del cuerpo—, y a pesar de algunas goteras que aparecían intermitentemente en la carcasa que lo envolvía, su espíritu no se identificaba con ellas. Las negaba por sistema, como si fuesen incómodos apéndices de quien no desea transportar rémoras que dificulten sus movimientos.

El hándicap en contra con el que tropezó inesperadamente fue la necesidad, para poder moverse con absoluta libertad, de una holgura económica que plasmara en la práctica los ingenios que se le ocurrieran para ocupar su tiempo y su cerebro. Por desgracia sus finanzas estaban en una situación crítica, atándolo a una inamovible silla que no le provocaba más gasto adicional que el tabaco que sobre ella fumase. Inhalando y exhalando su humo cual tesoro a proteger y, a juzgar por su desmesurado consumo, también a proseguir potenciándolo considerablemente.

Padecía unas sensaciones rancias que lo anclaban a la realidad, pesando como losas a veces hasta en su conciencia, pero su alma libre y ávida de nuevas experiencias volaba barajando las posibilidades que a su alcance podía desplegar como alternativas. Considerando su eterna inquietud y la perenne necesidad de realización que su mente le exigía para acreditar que, a pesar de los pesares, continuaba vivo y como siempre en perfectas condiciones de uso.

La acuciante situación financiera tanto más le atormentaba cuanto más tiempo libre tenía para recapacitar sobre ella. La conclusión a la que llegó fue, una vez catalogada y debidamente cuantificada en sus cifras, que no había solución, de modo que la única opción posible era continuar con su cadencia en los pagos... y rogar de la paciencia ajena plazos de tiempo razonables que le permitieran hacerle frente sin dilaciones exageradas, pero también sin mayores apreturas en evitación del colapso, que de producirse lo acabaría consumiendo exprimido por ellas.

Se decidió por fomentar el desusado lado oculto de su cabeza, aquel que en algunas ocasiones detestamos, y que en las más de ellas hacen que algunas personas se enamoren de nosotros. Es ese flanco del cerebro que a partes iguales nos convierte en medianamente inteligentes, y que conjuga ilusiones y sueños dentro de una mente dispersa e infantil a la vez.

Marcial extrajo todo un batería de ideas atrincherado en su bunker doméstico, cual capitán general diseñando estrategias de combate, para aplicando las más razonables liderar las contiendas y salir victorioso de las batallas. En ocasiones lo que un ejército poderoso no consigue, lo logra una mente privilegiada con ideas innovadoras y avanzadas que, por originales, muestran un camino a recorrer donde otros solo ven senderos con rastrojos de hierba de apariencia intransitable, y de difícil aprovechamiento práctico. Son esas rutas que uno vislumbra sin mirar, cuando todos las buscan y nadie las ve camufladas entre la generalidad del paisaje. Enmascaradas a la espera de que algún visionario atestigüe que su innegable existencia, pueda tener la clave para conseguir un giro copernicano que las rentabilice en beneficio propio, y en la consecución de un fin que minutos antes se mostraba inalcanzable, cuando en realidad siempre estuvieron allí para ayudar a quien las supiera descifrar con acierto.

Marcial encontró la suya, que paradójicamente consistió en abandonar de forma prematura sus compromisos, liberándose así de las lacras y las ataduras que no le dejaban vivir en paz, a la par que se rebelaba cual adalid del protestantismo, liderando su propio rumbo en aras a perseguir ideales menos materiales y relanzar su vida por el camino de la irresponsabilidad; una vez arrojados por la borda los pesados fardos de su historia —aquellos que suponían un freno a su capacidad de actuación, y a su más que ansiada libertad de movimientos—, sobre todo si estos eran de conciencia.

Al cumplir el medio siglo de existencia, la rotación natural le obligó a ser permutado por las nuevas generaciones, que mucho más fuertes y preparadas que él, lo marginaron de toda actividad apartándolo de las ocupaciones y dejándolo sometido al arbitrio de las horas vacías. También a la dictadura de su mente, que imposibilitada de encauzar sus conocimientos en la vida práctica y absorbente de la época, se fue tornando más y más perversa por la influencia ejercida sobre su propietario. De continuar así durante mucho tiempo, esta acabaría destilando hiel sobre el denostado cuerpo que la reconocía como suya, peleando como su enemiga más visceral, en lugar de considerarla su cómplice y compañera de destino. Marcial no hizo gala de tanta paciencia a la espera de las consecuencias que inexorablemente esa lucha interna le provocaba, por lo que, en el fondo, lo único que consiguió fue acelerar el proceso generando él mismo la oclusión de tanto dilema al anticiparse a los hechos venideros, que espontáneamente llegarían por sí solos más pronto o más tarde. De manera que recapacitando acerca de todos los acontecimientos pasados y por pasar, decidió abanderar su todavía incipiente insatisfacción, y erigirse en dueño y señor de su propia vida. Asió fuertemente las riendas de la realidad asumida y no querida, aceptada pero no compartida, dado el grado de indisciplina que en su interior se envalentonaba exigiéndole más acción, y menos lamentaciones para con su propia persona.

Con cincuenta y un años ya no pudo más, Marcial Ganuza Montero aguardó al día 1 en que le fue abonada su pensión y, sacando en metálico todo el dinero de la cuenta bancaria, se perdió sin dejar ni pistas ni señales para que nadie le siguiera el rastro… y mucho menos el camino emprendido que deseaba recorrer en solitario, y a ser posible de incógnito. Se fue transformando relativamente en poco tiempo en un personaje de doble pelo, todo le parecía mal, al menos manifiestamente mejorable y susceptible de modificaciones por pequeñas que estas fuesen, a la vez que razonaba sobre cómo se componía la vida, con sus parámetros y sus pautas, ejerciendo de adalid de la realidad aceptando que era algo asumible, sin menoscabo de lo injusto de sus dictámenes.

Se fue creando una empanada mental que hasta ese momento nunca le preocupó sobremanera, tal vez por falta de dedicación y de tiempo para llevar a cabo un análisis en profundidad, que le facilitase las claves de su propio comportamiento en los años en que inmerso en el mundo, pudo contribuir a mejorar con su particular aportación colaborando en su cambio. Marcial Ganuza fue egoísta, y no solo eso, también un contumaz manipulador que ahora se engañaba a sí mismo haciéndose trampas en el solitario. Se justificaba a sí mismo contemplándose desde la distancia —que es como mejor se ven las cosas—, y aseguraba que antes fue un agente activo cooperador del sistema, cuando ahora no pasaba de ser un afectado más. Una nueva víctima de esa estructura de la que, no pudiendo transformarla a su antojo, decidió marginarse voluntariamente para en definitiva sacarle un provecho personal que le satisficiera en la medida de lo posible.

Marcial alquiló una casa en una reputada pedanía, calculando que su coste no era superior al de una habitación normal en cualquier pensión de una gran ciudad. Una colonia añeja que ya había sido engullida por la urbe que al principio la circundó. Esa que luego terminó devorando su autonomía convirtiéndola en un barrio más de ella aunque, eso sí, con una histórica solera que rezumaba todavía por sus ilustres calles y por las mentes de sus habitantes. Cierto que en una pensión se encargarían de darle alimento diario, de lavar y planchar sus ropas también, pero lo que ganaría en comodidad se vería obligado a perderlo en independencia e intimidad. Y no estaba dispuesto a renunciar a ellas sometiéndose a disciplina alguna, ni tampoco a dar explicaciones de quién era o de dónde venía, si bien la mayor dificultad radicaba en justificarse ante sí mismo hacia dónde quería encaminar sus pasos.

Se trataba de una vivienda en planta baja, de construcción antigua y rudimentaria en la que predominaba el blanco yeso, y faltaban muchas comodidades. En realidad carecía de casi todas, excepción hecha de agua y luz. La miró bien por dentro y le encantó su sobriedad, así como los altos techos y los tabiques de piedra, en los que ladrillos adosados a ellos hacían las funciones del mobiliario más tradicional. Lo que más le agradó fue su amplitud, sobre todo el comedor: un gran espacio prácticamente diáfano, que servía de antesala a un corto y estrecho pasillo rematado por tres puertas, una a cada lado y otra al fondo del mismo. La de la derecha era el dormitorio, en tanto que frente a ella la otra puerta daba acceso a la cocina, en la que unos pocos elementos imprescindibles para colocar la loza y los cubiertos se asociaban con un hornillo a gas butano de tres fuegos, y una lavadora en precarias condiciones a juzgar por su aspecto. En la pared opuesta una ventana y otra puerta más, esta del mismo material metálico que la de la ventana dejando ver un pequeño patio, parte de él enlosado y con una docena de cuartas de tierra a modo de huertecito familiar, que con una picaza lo dejaría libre de los hierbajos allí enraizados, por la dejadez y abandono del propietario en su cuidado. Una parte en obra ganada al patio era una habitación, que a través de la pequeña ventana entreabierta se percató que correspondía al cuarto de baño, al que cuando estuvo dentro de la casa se olvidó de entrar no habiendo reparado en él. Pasó a través de la cocina y regresó al pasillo, a su izquierda el aseo, y saliendo de él, el salón comedor al frente parecía llamarlo para imaginarse como quedaría su distribución cuando lo hiciera más cómodo y confortable. Lo primero en llamar su atención fue una alcayata clavada en una esquina y, por simple que eso pareciera, ya le hizo sentirse predispuesto con la primera idea que se le ocurrió para poner allí un detalle, que sumado a otros acabarían dando un toque personal a su nuevo hogar: colgaría de ella una maceta con un boniato en su interior, que en no mucho tiempo daría unas bonitas ramas de hojas verdes, descendiendo desde allí hasta el suelo por toda la esquina del comedor, a modo de liana trepadora.

Le entró la prisa con solo pensarlo, así que cerró el portón de la calle y marchó en busca de un buen tiesto, del boniato y de un kilo de patatas; que de paso con un par de huevos fritos le permitirían comer a placer. Lo demás ya lo iría viendo en días sucesivos, buscándole acoplamientos sencillos pero útiles, al resto de los espacios libres con los que el salón contaba; mesas y sillas tenía, lo único que faltaba era grabar su sello identitario, y eso era lo que más ilusión le hacía por inocente que aparentara ser. En el fondo todo consistía en empezar de cero, pero tomando plena conciencia de ello, y saboreando cada detalle que paulatinamente incorporará a esa su casa, llamada a acompañar a una pretendida vida que cortó con su pasado, por el afán de exploración interior surgido casi desde la nada, y que lo fue engrosando a fuerza de reflexiones y pensamientos. También de mucho tiempo libre, y de la falta de horizontes sobre los que proyectar su espíritu indómito, que desangelado y sin visión de futuro, lo trataba de ocultar dentro de un caparazón fuerte a primera vista, rodeado de certezas y conocimientos que tenían por objeto esconder su timidez, y ese sentimiento de fracasado que se apoderó lentamente de él, hasta convencerlo de que así fue su realidad y su vida anterior.

Al mes de habitar en aquella casa el aspecto que presentaba era casi idéntico al del primer día. No recubrió ninguna pared ni llevó a cabo reforma alguna —le gustaba como estaba construida— pero claro, los rasgos que fue acumulando en cada rincón la convirtieron el algo más coqueta. Llamativa, diría Marcial, al mirarla de pie en medio de la sala con los brazos en jarras y satisfecho de su obra. Aprovechó para pintar la pared más grande del comedor con una alegoría, simbolizada en una especie de selva tropical con un gran río bifurcado, un robusto árbol en una de cuyas ramas descansaba un tucán, y mucho follaje de brillantes colores desde el que asomaba un hermoso tigre, de pigmentos no menos espectaculares y sugerentes. El contraste que producía tal expresión artística, comparada con el extendido blanco del resto de las paredes lo hacía resaltar aun más y bajo el mural, en el suelo, unos pufs repartidos entre varios cojines dejaban bien a las claras el recogimiento espiritual, que esa mitad del salón proporcionaba a quien allí se refugiara a pensar y descansar. En la pared de enfrente, más pequeña por la porción de espacio que ocupaba el pasillo, unas estanterías de obra las decoró con figuritas, recuerdos, y algún libro que llevó consigo. ¡Listo!, se dijo regodeándose, es bonito y ya lo terminé... se reafirmó orgulloso.

Le tocó el turno al patio, unas conejeras y un pequeño gallinero con dos gallinas ponedoras le empezaron a obsequiar con un par de huevos diarios. Era más que suficiente, ya que entre los restos de comida y un poco de panizo y salvado, el coste de su mantenimiento era ínfimo, y el resultado en carne y huevos lo compensaba todo; incluyendo los ruidos y algunas molestias que inevitablemente le provocaban. Unas verduras plantadas en el huerto, que ya lo tenía bien cavado y abonado, completarían una dieta natural, y le serviría de gozoso entretenimiento durante buenos ratos del día. Olorosos inciensos en el baño, y en su dormitorio luces tenues de color rojo, rosas y violetas, ambientaron una estancia en la que el silencio y el relax llegaba a su cénit, y con las mesillas sustentando cada una un potente flexo, dando una eficiente luz blanca para leer, y casi agresiva a la hora de la reflexión y el sueño.

Comenzó a ilusionarse de verdad con todo lo que estaba consiguiendo.

—Esto es una segunda juventud que Dios me ha brindado —se descubrió exclamando a viva voz al ver concluida la decoración de su pequeño mundo, en el que ya se empezaba a considerar un hombre marcado por la felicidad.

Otra nueva idea le asaltó, y parafraseando al supremo texto de la creación se recordó que ¡no es bueno que el hombre esté solo!

Pronto recapacitó y reconvino que, antes de lanzarse a tumba abierta a la búsqueda de una compañera, una con la que la que la atracción física y la afinidad en sus inclinaciones le hiciera rellenar todos los huecos y flecos que a su nueva existencia todavía le faltaban, otra cuestión más perentoria y menos anímica quedaba pendiente de solventar. Y esta no era otra que la de conseguir un *modus vivendi* complementario, que le facilitara valerse económicamente por sí mismo. Precisaba de manera urgente un trabajo remunerado, o en su defecto una fuente de ingresos más o menos estables a añadir a su jubilación, con los que hacer frente a los gastos que por el simple hecho de permanecer vivo le eran inherentes; máxime si ya estaba madurando la posibilidad de ser dos, en lugar de continuar viviendo solo como hasta ahora, flanqueado de lado a lado por su bendita soledad totalmente inanimada.

Junto al distrito bohemio encontró un trabajo de camarero de apoyo, al que acudir al atardecer hasta la hora del cierre, allá pasada la media noche. Para él esto era aceptable e iría tirando, además de que un par de copas y la cena le saldrían gratis, como pago en especie a agregar al salario mínimo que los fines de mes le liquidarían.

Empezó a convivir en aquel entorno, familiarizándose con la peculiar fauna de artistas, que mal que bien se ganaban honradamente la vida con sus habilidades, todas ellas enfocadas a los turistas y a la población flotante que a lo largo del día iba de aquí para allá, inmortalizándose en retratos, y comprando los recuerdos con los que agasajar a su regreso a los seres queridos. Solo eran dos calles yuxtapuestas, pero había de todo y para todos los gustos: pintores que en treinta minutos reflejaban a carboncillo en unas grandes cartulinas los principales rasgos de la personalidad de quien encargaba el retrato, caricaturistas, artesanos fabricantes de manualidades genuinas y a cual más original y curiosa, y hasta una docena de trasnochados hippies confeccionando colgantes, pulseras, anillos, y todo tipo de símbolos explicativos referidos al amor, a la paz, y a la concordia entre los seres vivos que en la tierra habitan.

Marcial se fue haciendo con los intríngulis de aquel mundillo —algo sórdido para el común de los profanos y entrañable en sus raíces para quien con ellos lo quisiera compartir—, entresacando de los fondos la bondad de sus orígenes, y de sus formas la pacífica rebelión para romper con los dictados de una vida prefabricada, estresante y artificial, con la que a todas luces ninguno de aquellos errantes virtuosos comulgaba. Eran apátridas, marginados los menos, y díscolos todos que no estaban dispuestos a someterse al orden establecido, y hacían su vida por libre, sin horarios ni disciplinas que los ataran, y sin mayores preocupaciones que trascendiesen más allá del día siguiente. Únicamente pedían poder continuar ejerciendo sus ocupaciones y disfrutar de salud, de aire libre, y de dedicarse cada uno a lo suyo; a lo que estuviera ungido por la varita mágica de la genialidad, y para lo que tuviera especialmente esa habilidad con la que tendría garantizada la manutención, y el derecho a respirar sin inmiscuirse en la vida de nadie, a cambio de que los demás tampoco importunasen la suya propia.

En total componían un reducido conglomerado no superior a cuarenta personas que formaba una piña a la hora de ayudarse, y de defender el fantasioso microcosmos en el que se sentían poderosos y autárquicos, rescatando en él una felicidad no encontrada anteriormente basada en conceptos naturales, simples y de respeto personal y existencial. No se les podía negar la coherencia en sus posturas, compartidas o no, dentro del incoherente mundo que individualmente cada uno de ellos conoció, hasta que tomando la determinación agarraron su hatillo, y se buscaron el lugar en el que en realidad se sentían en paz con la vida, y antes que eso y en primer término con ellos mismos. Eran acusados de utópicos sin duda con razón, mas esa utopía los llevaban por unos senderos, que al ladear la vista hacia sus costados según avanzaban día a día, los creían más justos que aquellos que con zancadillas y ambiciones poco recomendables, florecían por el medrar de sus inculpadores.

Marcial se fue entronizando en aquel singular reducto, en el que a nadie le preguntaban de dónde venía, y todos daban por hecho el porqué de su presencia allí; no era extraño ver de cuando en cuando a un nuevo miembro incorporarse a esa agrupación comunal, atraído por el halo de espiritualidad que a todos se les adivinaba como único denominador común independientemente de su procedencia, y de los motivos que lo empujaron hacia aquellos predios.

Cuando recogían sus bártulos, una vez despejadas las dos calles de los curiosos visitantes, el bar de Marcial también cerraba sus puertas por falta de afluencia de clientes y este, ni corto ni perezoso, se encaminaba a su encuentro para entablar conversaciones dialécticas que en ocasiones generaban acaloradas controversias, principalmente con alguno de los recalcitrantes bohemios que por sistema lo negaban todo, cuestionando hasta el origen mismo de las especies si ello era necesario, con tal de poner la nota discordante que mantuviese en vilo las tradicionales teorías, colocándose en el ojo del huracán en busca de un protagonismo imprescindible para no ser ladeado del grupo. Para no ser solapado por un intruso que trata de insuflar nuevos vientos, susceptibles de remover los cimientos de lo que en aquel lugar era la base de la convivencia, y del no polemizar sobre los principios básicos en los que sustentaban sus vidas. Estatutos no hablados ni escritos basados sobre todo en parciales teoremas, cogidos con alfileres, que no permitirían dejarlos tambalear por quien con reflexiones más profundas que las suyas los incapacitasen poniéndolos en duda; con el riesgo añadido de desestabilizar estructural o coyunturalmente, las sustentadoras columnas que mantenían en pie todo el armazón de su desorganizado sistema de vida.

Ellos criticaban al mundo en su conjunto, pero no aceptaban de buen grado ser objeto de crítica ya que no deseaban reclutar adeptos para su causa, y por consiguiente la voluntariedad de pertenecer a ese marginado concepto existencial justificaba sus convicciones para considerarse totalmente libres. No les faltaba razón, si acaso tal vez algo de espíritu solidario, que no creativo, pero ese se lo dejaban al resto de la sociedad, que seguro se sentiría orgullosa desplegándolo entre todos, aunque a ellos finalmente no les llegara nunca. Tampoco lo solicitaban. Como mucho era un anhelo taimado al que oficialmente renunciaban, para no tener que capitular en otro orden de cosas admitidas por ellos como innegociables. Quien vive una vida encorsetada se muestra reacio a asimilar una aventura tan singular como esa, pero Marcial aprendió a liberar su mente y a escuchar todas las opciones, aunque estas no coincidieran necesariamente con sus ideales; por lo que terminó reconociendo que era preferible escuchar los planteamientos ajenos, antes que imponer los propios.

Desde un primer momento le intrigó una tal Candela, sobre todo porque nunca aparecía por su bar, y por su edad tampoco se podía decir que fuese lo que se dice una señorita; una vez identificada su adscripción conversando con ella, Marcial certificó que los cuarenta ya no los volvería cumplir, al menos en concepto de onomástica ya que los sobrepasaba con amplitud. Sus primeras impresiones no fueron exactamente agradables. Era arisca, algo menuda, y ofrecía un físico invisible no por escuálida, sino por encontrarse recubierto de holgadas blusas y amplias faldas de faralaes, que lo hacían opaco e inescrutable al primer golpe de vista. Así y todo Marcial se aventuró, profundizando en la personalidad de aquella mujer *sui géneris* y un tanto insondable, que ni le atraía ni le dejaba de atraer, pero sobre la que dictaminó que deseaba conocer su origen. Para conseguirlo aceptó ser tolerante a la hora de relacionarse, rebuscando un fin más duradero que un simple acercamiento íntimo, y lo haría recordando el dicho de su amigo Mario, que cuando se entonaba decía:

—Ninguna mujer es fea por donde mea.

Esto era una solemne grosería, pero con pensarla y no decirla tampoco crearía ningún problema adicional, y si no había más remedio que recitarla en un momento dado, pues igualmente se la soltaría a la cara; que la herida no le produciría un desajuste hormonal que le aplastará sus resistencias, ni tampoco le provocará el suicidio por unas palabras tan desafortunadas.

Marcial sintió que Candela lo engatusaba aparentando indiferencia, él era de muy fácil compromiso ante cualquier causa que mereciera la pena, tal vez por eso se cansó de su vida anterior al agotar los cauces en los que moviéndose a veces con estrépito, consumió la dicha sin que algo de ella revirtiera en su propia satisfacción. Su dureza era endeble por convicción. Siempre rechazó la posibilidad de ser el hoyo de la aguja y jamás lo intentó, por el miedo, quizás, que le producía erigirse en protagonista y representante de otros con los que no se identificaba en absoluto, y de los que nunca esperó los votos para actuar en reciprocidad por ellos. No se representaba más que a sí mismo, y con esa cualificación quería seguir subsistiendo sin mayores responsabilidades, que lo abdujeran al mundo de lo abstracto perdiendo su propia identidad. Para eso ya estaban otros que encantados se ofrecían asumiendo esos roles tan complicados, a cambio de figurar en los puestos sobresalientes como líderes locales y benefactores de las problemáticas que, al caso, venían dadas para solucionarlas con su aureola de altruista eficiencia.

Marcial se esmeró en congraciarse particularmente con Candela, desconocía el procedimiento al uso ante alguien tan especial y en el fondo tan sofisticada, pero su deseo de cortejo predominó frente una mujer enmarañada en su propia realidad, y de la que se interesó en tirar del ovillo para desplegar su tupida red, que abarcase como en una exposición el perfil y la radiografía de un ser que sin considerarlo excepcional, si lo evaluaba como atípico y raro por sí mismo.

Procuró llevarse del bar alguna botella a hurtadillas para compartirla con los artistas, confraternizando con ellos en sus gustos y postulados, e intentar así introducirse en ese círculo hasta ser admitido como un compañero más de penas y fatigas, de ilusiones y pensamientos. Toda una proeza a conseguir si se tiene en cuenta la diferente ralea de cada uno. El tiempo y la constancia jugaron a su favor, y algunas consumiciones cobradas por debajo de su precio también ayudaron, hasta que poco a poco Marcial Ganuza se fue ganando a pulso la confianza de casi todos.

Con quien mejor se encontraba era con el grupito que arropaba a Candela —una peña de cinco personas que la rodeaban con sus estantes de abalorios, guitarras y pinturas—, en el bulevar donde se hacían ver y valer comerciando con sus artesanías, y ofreciendo públicamente su arte a todo aquel que lo quisiera admirar, entregando con posterioridad unas monedas a modo de óbolo en justa recompensa, acompañadas de muestras de gratitud en las más de las ocasiones, y de sonrisas y aplausos ante cualquier manifestación artística casi siempre.

Candela extraía los acordes de una guitarra española formando equipo con sus correligionarios, esto lo hacía por afición y ayuda hacia ellos, ya que en realidad ella se dedicaba a las manualidades, al frente de un puesto de tablas apoyadas en sendos poyetes de madera, del que pendía un tenderete repleto de colgantes, figuritas realizadas en alambre, y todo un extenso muestrario de bisutería diversa. Sobre los tablones que servían de mesa, multitud de piedrecitas y otros minerales de vivos colores a los que ella misma les daba forma y decoraba, los atestaban de punta a punta ordenadamente expuestos, junto a las etiquetillas que marcaban su precio. Marcial admitió que el invento aquel funcionaba razonablemente bien —no era para lanzar cohetes pero sí para ir tirando—, con la media de un día con otro sacaba una cantidad considerable, que le permitía seguir nutriéndose de nuevos materiales a los que pensaba les podría sacar provecho, para así vivir con dignidad y cierta soltura reinventándose a diario… y todo ello sin tener que rendir cuentas a nadie.

A Marcial le pareció interesante ver cómo se desenvolvían los que entre ellos mismos se llamaban compañeros —los muy allegados se decían colegas—, y salvo algún ejemplar estrambótico de esos semiambulantes, que en temporadas llegaban para desaparecer otra vez tiempo después, el núcleo duro de camaradas formado por unas quince o veinte personas se mantenía firme y unido, cuando uno de sus miembros necesitaba ser ayudado. Estaban dispuestos a la usanza de una gran familia, con la salvedad de que la mayoría de ellos ni tan siquiera conocía los nombres de los demás, llamándose por su aspecto físico, o por esas notas características que todos poseemos: uno era el rastas, el otro el negro, la de más allá la pelo pincho; y así, un largo etcétera de motes y apodos.

Una madrugada en la que al iniciarse un persistente chispeo, obligó a recoger los tenduchos a toda prisa cubriéndolos con plásticos, Marcial ofreció su casa al grupito de colegas de Candela para beber unos tapones de coñac y otros de vodka al son de alguna guitarra. A partir de entonces las reuniones en su hogar se prodigaron con una restringida concurrencia, no era cosa de meter allí a toda la *troupe*, pero sí de relacionarse con los tres más cercanos a Candela, y principalmente con ella.

Los cuatro compartían piso en una calle adyacente al bulevar donde se encontraban establecidos, la casa de Marcial no distaba más de unas manzanas de la suya, y aunque en aquel ambiente las distancias no eran importantes, lo pensaron muy mucho para acabar decidiendo que la libertad de horarios, agregada a lo relativo que para ellos suponía el transcurso del tiempo, los debía dejar indiferentes de la lejanía o cercanía de uno u otro lugar.

Marcial terminó por aprenderse los nombres propios de esos personajes tan peculiares, Narciso y Rafael ocupaban una de las habitaciones del piso, y Sonia y Candela la otra. Cuando se lo enseñaron vio que existía una tercera mucho más pequeña utilizada específicamente de cuarto de planchar, y en general de olvidada leonera donde almacenar todo aquello que no tenía cabida en las suyas, y que les era neutro o poco útil momentáneamente al menos. El comedor sí hacía las funciones de lugar común de encuentro, y este se encontraba a rebosar de todo tipo de género a la espera de que unas manos hábiles y expertas —con la ayuda de algunos alicates, pinzas y otras herramientas— coadyuvaran a un derroche interminable de imaginación que lo moldeara al gusto de los artistas, quienes con su inventiva creaban de la nada el adorno más fantasioso y original que se pudiera gestar.

Un día que Marcial volvió a entrar en aquel piso casi se pierde entre collares, brillantes bolitas, y minúsculos elementos esparcidos sobre la mesa y por el suelo del salón comedor, en el que de todo se hacía menos comer precisamente. Hasta un acordeón y una bandurria aparecieron reclinados en una pared, sin tener claro si se erguirían dotados de vida propia, o si finalmente acabarían resbalando tabique abajo para caer rodando por el suelo sobre una capa de bolitas de plástico y cristal.

Cada uno vive como quiere, se dijo, siempre y cuando tenga el mínimo espacio para hacerlo. Y es que allí no se abría paso un alfiler más ni a gritos.

Aquella gente vivía al día, no mostraban mucho apego a las cosas materiales a juzgar por su comportamiento, y por sus escasas muestras de afecto. Tampoco su arraigo hacia las personas iba mucho más allá de unos rutinarios saludos, o de un «hola qué tal… ». Poco más salía de ellos ni como expresión verbal ni corporal; la cortesía y el protocolo destacaban por su ausencia campando a sus anchas, a diferencia de lo que Marcial estaba acostumbrado a ejercitar por otros lares muy distintos a ese.

Los amigables lazos se fueron estrechando, según la convivencia generaba nuevos estímulos que explorar cada uno en las vidas de los demás, hasta que una sonada noche de guitarra y chupitos Marcial le dio un nuevo giro a su vida. Ofreció a Candela la posibilidad de trasladarse a vivir con él, utilizando su casa como propia, y a él mismo en calidad de compañero y benefactor si así lo quería. Candela se subió al carro de lo fácil apuntándose a probar esa nueva experiencia en la que, manteniendo el mismo nivel de libertad, disfrutaría de muchísimo más espacio y tranquilidad, de un poco de orden, y de alguien medianamente generoso que le sufragara los gastos de la vivienda.

CAPÍTULO 2

La sexualidad de su compañera

Pasó la temporada alta y Marcial se quedó sin trabajo. Aunque continuaron llamándolo los sábados y festividades, eso no era suficiente para cubrir todas sus necesidades, y un invierno excepcionalmente frío se cebó en aquellos páramos vaciando de transeúntes las calles. Los días laborables Marcial paseaba por ellas, unas veces a derecha e izquierda y otras de arriba abajo, para luego regresar con la punta de la nariz colorada y humedecida por la gélida temperatura, con una bufanda al cuello y las manos metidas en los bolsillos.

Cuando hacía mal tiempo Candela se quedaba en casa y, como la orfebre que se preciaba de ser, ingeniaba y diseñaba mil y un adornos a cada cual más llamativo y estrafalario, para después venderlos con bastante aceptación en el tenderete al que ya solo acudía los sábados y domingos durante las horas de sol. En cuanto caía la noche sobre el bulevar este quedaba desierto, y las fantasmales calles por las que transitaba camino de casa se asemejaban a ríos grises, de angostas piedras y asfalto inerte, por las que no discurría vida alguna como si una plaga divina hubiera aniquilado todo rastro de ella. Solo de cuando en cuando, una sombra presurosa se desplazaba cruzando una bocacalle para introducirse encogida en algún portal.

Mano sobre mano, Marcial pasaba horas con la mirada fija en las manualidades, que sentada sobre los cojines del salón a ras del suelo confeccionaba Candela, algunas de ellas como una autómata por lo repetitivo del proceso de elaboración, cuales eran las pulseras de plástico y los collares de piedrecitas. Marcial fue entrando en el juego, ayudando a la buena mujer en la preparación de los materiales más simples, y a ordenarle los elementos que iba a necesitar a continuación, en función de lo que en ese momento estuviera diseñando. Con sorpresa reparó en unas bolitas color caoba del tamaño aproximado de garbanzos, aunque muy sedosas y resplandecientes, de las que Candela extraía unos filamentos alojados en su interior dejándolas huecas, por una de las dos aberturas que estas semillas tan singulares tenían. Interesado en profundizar de qué naturaleza estaban hechas aquellas bolas y para qué servían, ella le explicó que las usaba para confeccionar rosarios, collares, pulseras, y un sinfín de adornos más:

—Mira, primero le quitas las briznas que llevan dentro, después pasas un alambre con estos pequeños alicates de punta redonda de lado a lado, y cortando el trocito de alambre, lo cierras a modo de eslabón de una cadena para dejar la cuenda unida a la siguiente, y así por grupos de cinco haces los misterios del rosario. Con otra cuenda separada por dos argollitas más a cada lado distancias un misterio del siguiente, continuando hasta completar los cinco, y al final, en el extremo adosas una crucecita pequeña de metal o de madera... *¡et voilá!* Ya tienes el rosario para rezar a tu gusto y con toda la devoción del mundo.

Marcial se quedó prendado, esas bolas se llamaban «cuendas» y procedían de un vegetal, de una planta sencilla de cultivar parecida a la del maíz, algo más fina en su tallo y no tan alta, menos robusta pero igual de esplendorosa, y que daba muchísimas bolitas marrón oscuro que parecían nacaradas, barnizadas ya en la mata donde crecían como resultado de la acción de la propia naturaleza; como varios meses después tuvo la oportunidad de comprobar.

—¿Y por qué en el jardín del patio no probamos a plantar algunas, a ver si salen? Así te ahorrarías el comprarlas si las podemos producir nosotros mismos —dijo Marcial animado con la idea que se le acababa de ocurrir en ese preciso momento.

Apartaron una docena de ellas guardándolas celosamente en un envase. Marcial argumentó que como aún no era la época sería mejor esperar hasta el mes de marzo, a la entrada de la primavera, y así jugar con muchas más posibilidades de éxito para que aquella simiente germinara. Pasó de ayudante de Candela a especializarse gradualmente en el ensamblaje y acabado de alguna de las manualidades, lo que le permitió acompañar y gestionar a la par que ella el puesto del mercadillo, que colocaban de escaparate en el bulevar.

En la casa, Candela tenía por costumbre prepararse muchas infusiones, especialmente té, y sentada en un puf del salón meditaba en ocasiones durante horas rodeada de aromas de sándalo e incienso, flanqueada a los lados por un par de cuencos tibetanos a los que les adjudicaba propiedades terapéuticas y otras aplicaciones diversas, asegurando que potenciaban sus endorfinas. Se sentaba sobre cojines con las piernas abiertas en aspas, a la manera tradicional de los indios y los budistas, y presionando las yemas de sus dedos índice y pulgar, se introducía ensimismada en su universo espiritual comulgando con las divinidades, y limpiando los chacras de su cuerpo dentro de la sublime y todopoderosa madre naturaleza, en la que moran el ser y el saber en perfecta armonía.

Tenía una mente muy dada a lo anímico, y en tardes de asueto le relataba a Marcial los viajes que hizo en su juventud por las sagradas tierras de la India, la China y el Nepal, donde fue bendecida por monjes tibetanos a su paso por Lhasa, su capital. Aquella expedición consumió tres años de su alocada existencia transformando radicalmente su espíritu y conciencia. Afirmaba haber estado con el alma en ese paraíso llamado Shangri-La, y que pudo sentirlo al otro lado del horizonte como destino último de sus sueños místicos. Un compañero de aventuras, consumado *hippy* como el que más, le reveló un día el secreto de la retroeyaculación, describiendo paso a paso su técnica para concluir asegurando que aquello era la bomba.

—Será la bomba —dijo Marcial pacientemente—, pero donde se ponga un buen achuchón como los de toda la vida, ya se pueden quitar esas majaderías carentes de ningún sentido.

Lo cierto es que entre el altar que Candela había instalado —rodeado de pétalos de rosas, abalorios, humos y perfumes— y el mural pintado por Marcial de techo a suelo y de pared a pared, ambientado en una salvaje selva tropical, aquel salón parecía la basílica del mundo a la que únicamente le faltaba por decorar su inexistente bóveda. Salvo que a algún iluminado se le ocurriera también ornamentar el techo del comedor, y entonces sí que se convertiría definitivamente en todo un templo de la meditación, aderezado con la simbología de la caza primitiva, ya que a esos niveles de ascetismo, el alma y el estómago deben trabajar al unísono para que ninguno de los dos desfallezca. En el fondo era un completo despropósito, pero a Marcial no le importunaba que aquel sitio estuviera tan recargado de representaciones y alegorías; daba la sensación de ser muy envolvente, sugiriendo una visualización de lo que en un momento dado se quisiera escenificar, contemplando las insignias policromadas rodeadas de un ambiente de relajación y paz.

A mediados de febrero, Marcial buscó el pequeño envase con las cuendas guardadas meses atrás, y las plantó en el patio deseando con vehemencia triunfar en su empeño y ver brotar de la tierra sus verdes matas. Intuía que se cargarían de mágicas bolitas al crecer rumbo al cielo en cuanto el tiempo mejorase, y los primeros atisbos de la primavera le insuflaran la necesaria energía vital para su desarrollo. Con poco más de dos semanas, los primeros tallos verdes se erguían rígidos y desafiantes a más de un palmo de altura.

—Esta es la prueba definitiva del milagro de la vida —dijo Marcial regando aquellos siete brotes, que triunfantes se alzaban firmes coronados por un minúsculo pompón.

Una vez se los hubo mostrado esa tarde a Candela lo celebraron bebiendo varios chupitos de coñac que, a pequeños sorbos, calentó los cuerpos ya inmersos en el fervor ambiental del buda orante. Candela tuvo a gala ubicarlo en un lugar preeminente donde presidir el salón, cual definitorio símbolo totémico de toda la estancia.

Si el refrán dice que «la primavera la sangre altera», Marcial afirmaba viendo reaccionar a su cuerpo que tal adagio era verídico. Notó un rudimentario estímulo interno cuando al fijarse en Candela sentada sobre el suelo en actitud meditativa, observó su floreada y extensa falda más arriba de las rodillas dejando entrever parte de sus muslos, y un surco lejano y profundo a su término que lo acabó excitando. Fue al baño con la sana intención de darse una friega de agua, mas el tiempo de vigilia transcurrido provocó que finalmente, el masaje fuera enfocado a otra parte de su anatomía más vulnerable y sensible, de la que en última instancia no salió precisamente agua, sino el elixir consecuencia del ejercitado amor propio al que circunscribió su actividad. Candela pasó junto a la puerta del cuarto de aseo entrando en la cocina para reponer la botella de coñac, y cuando oyó cierto jadeo, se imaginó el origen que motivaba la entrecortada respiración de su compañero. Se limitó a escuchar y a disimular, y regresó a sentarse en los cojines del salón, en el que encendiendo una finísima tea de incienso se sirvió un nuevo tapón de brandi, que reclutó en un mueble junto a la despensa.

A la vuelta de Marcial —estando los dos desinhibidos por cuestiones similares, y casi a oscuras en aquel salón aromatizado e iluminado con tenues luces violetas—, Candela se interesó por sus experiencias sexuales. Este se limitó a replicarle que en la actualidad eran prácticamente nulas, y que se apañaba sin ellas a no ser por ciertos desahogos que, ayudado de su imaginación, se concedía en soledad sin molestar ni perjudicar a nadie.

—Es un poco triste esa vida, ¿no? —preguntó ella de pasada, sin aparentar demasiado interés por la sugerente respuesta.

—Bueno, es lo que hay —contestó Marcial resignado, sin ambición por obtener mayores logros en esa materia.

—¿Pero tú eres hetero, no es así? —volvió a la carga Candela retomando la conversación.

—Sí claro, pero ¿qué quieres? La vida es como viene y no hay que pedirle más; simplemente es lo que toca, y así la acepto. Y tú también lo eres, ¿no?

Candela se tomó un segundo de reposo, y respirando profundamente le informó ante su asombro que no era exactamente así; más bien se consideraba bisexual. Le gustaban los hombres y disfrutó con ellos de lo lindo en sus buenos tiempos, pero con las mujeres sentía unas sensaciones especiales muy diferentes, achacándolas a esa particular sensibilidad femenina que, con mucha habilidad, sabe sacar lo mejor del interior de la psique para poner en funcionamiento la líbido, dando y recibiendo placer con mayor generosidad, de lo que un hombre acostumbra a esforzarse por alcanzar tales cotas de realización y de goce mutuos.

—Vosotros vais más a lo vuestro, obcecados por acabar y conseguir una conquista más, en tanto que la mujer no utiliza el juego sexual como el camino que conduce a la satisfacción, sino como un fin en sí mismo que lo saborea a cada incitación, paso por paso y beso a beso. En el roce físico y en la comunión de las vibraciones está el juego del deleite, y no en el instinto animal, que procede de la ancestral depredación genética del mundo en el que hemos evolucionado.

Marcial no estaba seguro de haberla entendido del todo pero, igualmente, asintió con la cabeza otorgando veracidad a sus palabras aunque a un tiempo se decía para sí «¡qué confusas son las mujeres! Son capaces de escribir un tratado de algo tan simple como es el sexo puro y duro, sin más complejidades ni preocupaciones; solo es un alivio pasajero que produce bienestar y placer si no hay amor de por medio». No comprendía cómo a una natural necesidad fisiológica, las mujeres la retorcían siendo capaces de buscarle los tres pies al gato. Ya eran ganas de complicarse la vida, ya, con lo sencillo y claro que es el asunto, y ellas a veces lo embrollan de tal manera que lo convierten en poco apetecible. Incluso lo proponen como un reto en el que solo consiguen que en ocasiones el hombre fracase, si es que este se atreve a intentarlo por miedo a no dar la talla. Es posible que fuese comodidad o gandulería, pero Marcial era de la opinión que había veces en que no compensaba el beso por el coscorrón.

Omitiendo Candela la anécdota sucedida una hora antes en la que Marcial ya quedó relajado, al menos por un periodo de tiempo prudencial, con la mayor naturalidad del mundo le preguntó:

—¿Te apetece que lo hagamos? Nunca nos hemos dado ni tan siquiera unos besos, ¿te gustaría que hiciéramos el amor?

Marcial trató de ocultar su nerviosismo. No esperaba una proposición de ese tipo y menos de ella —tan fría y distante para todo lo que no fuera el cultivo de su mente—, y el desarrollo de una espiritualidad balsámica que la adentraba flotando en el microcosmos de sus ideales. Dudó si aquello consistía en una oferta seria o de si por el contrario se trataba de una encerrona, y si en realidad lo estaba poniendo a prueba para conocer sus malévolas intenciones al respecto.

Las dudas se fueron disipando cuando Candela, sentada a horcajadas sobre los cojines fue retrayendo la longitud de su falda —desde los tobillos hasta prácticamente alcanzar la cruz del sur—, donde todo hombre acaba muriendo en casi todas las ocasiones, dejando a la vista primero las rodillas para luego continuar hacia arriba progresivamente por sus bien torneados muslos. Marcial se embelesó víctima de su subconsciente, hacía ya mucho tiempo que no yacía en condiciones con una mujer, y lo sugerente de su insinuadora pose lo instigó a aceptar como real esa posibilidad, blandiendo por segunda vez esa tarde en su interior un órgano alzado en armas, que le pedía el ataque a la fortaleza, ofrecida generosamente y sin resistencia previa.

Todo quedó en nada al volver Candela a cubrirse con la falda cuando sonó el timbre de la puerta de la calle. Decepcionado y abatido por la interrupción, Marcial fue a ver quién llamaba a esas horas. Eran Narciso y Sonia los que, con una botella de vino en la mano, acudieron a hacer compañía a la pareja demandando unos vasos y algo que llevarse a la boca a modo de cena, con la que aplacar sus escuálidos estómagos. Les traían una noticia inesperada; el tercer compañero de piso, Rafael, se había marchado de repente a probar fortuna en otro lugar, aprovechando la venida de la primavera y la vuelta del buen tiempo, que devolverá la vitalidad a las calles y plazas de las grandes ciudades, y en especial a aquellas receptoras de turismo de temporada. Se había ido a Benidorm, en plena costa levantina, y sus dos colegas lejos de apenarse por su ausencia lo celebraban a lo grande, deseando brindar por su éxito y por una decisión libremente tomada. En realidad esa era una de las pocas cosas de las que ellos se enorgullecían, la de actuar con libertad y sin arrastrar cadenas que los ataran, ni materiales ni emocionales; en la certeza de que si no le fuera como él esperaba, regresaría nuevamente a refugiarse dentro de su pequeña manada de compañeros, artistas de profesión y bohemios por convicción.

Tal y como Marcial escuchaba a sus amigos, sin duda esa era una manera novedosa de entender la vida, incluso más positiva que cualquiera otra de las que él conocía. Aunque en el fondo seguía dolido con los visitantes por haber provocado la interrupción de un teórico episodio de su vida, que de haberlo llevado a la práctica el que ahora estaría feliz y satisfecho sería él, y no los colegas del bulevar. En ese momento se encontraba en disposición de pagar lo que hiciese falta para que los dos intrusos se retiraran de sus trincheras, y lo dejaran terminar con lo que ni siquiera había comenzado. La cortesía acompañada de una gran dosis de prudencia le hicieron capear el contratiempo, y prestarse a formar parte de la mesa redonda, que junto a la del buda orante se recreó con risas y música. Candela no tardó ni diez minutos en abrazar su guitarra, haciendo vibrar las cuerdas para sacarle las notas con las que acompañar a sus cánticos, pero Marcial contagiado también por la alegría general interrumpió los acordes, muy animado por mostrar uno de sus grandes logros...

—¡Venid al patio conmigo, venid un instante... *s'il vous plait!*

Mientras lo decía se levantó encendiendo las luces, y ya dentro de la cocina camino del patio exterior, con la claridad que proporcionaban los tubos fluorescentes iluminando el recinto, les quiso enseñar a los amigos sus siete arbustos de más de un metro de altitud, de los que colgaban ramificaciones repletas de cuendas. Esas bolas color caoba barnizado, suaves al tacto y agradables de ver que, en esa temporada, harían furor en todos los puestos y tenderetes del bulevar una vez confeccionados con ellas los rosarios, pulseras y collares, a cada cual más distinguido y llamativo por su originalidad creativa.

Estaba seguro que las cuendas valdrían para muchas más manualidades, por lo que fue arrancando con cuidado una a una, ofreciendo a sus amigos un buen puñado con el que entretenerse en imaginar las posibilidades, que a esa noble materia prima les podrían sacar. Fue Sonia la que primero intuyó otra aplicación adicional, fantaseando con las cuendas pegadas a un tablero de delgada formica creando caras, retratos, caricaturas y escenas pictóricas, que según desveló quedarían mucho mejor así en relieve a modo de *collage*, en lugar de realizar un simple pirograbado quemando la madera; incluso se verían bien sobre planchas de blanco cartón satinado.

Todo acabó entre sonrisas de gratitud e ingeniosas sugerencias después de las cuales, Marcial se comprometió a cuidarlas y si era posible aumentar la cosecha para nutrir sin miedo a la escasez, a toda la tropa que en el bulevar se hacinaba alrededor del pasillo central. Por allí deambulaban turistas y curiosos, jóvenes muchachas ávidas de encontrar abalorios únicos con los que llamar la atención poniéndolos de moda, y viandantes de todo tipo dispuestos a llevarse un recuerdo de su paso por esa emblemática calle, cada vez más concurrida y afamada.

Gente nueva se instaló ese año, incorporando más puestos y puntos de venta; hasta un pequeño carrito dispensador de perritos calientes con unos panecillos horneados al efecto, encontró sitio entre tanta caseta multicolor. Tanto fue así que ese verano el bulevar se puso tan de rabiosa actualidad, que fue paso obligado para los que acudían a la ciudad por uno u otro motivo, viéndose abarrotado de *hippies* con largas melenas vendiendo ropa informal, de bohemios al uso ofreciendo sus baratijas, y de extravagantes pintores a semejanza de un *montmartre* en miniatura.

Marcial y Candela jamás retomaron el tema que, aquella noche de primavera, dejaron a medias interrumpidos bruscamente por dos de sus compañeros. Se mantuvo en el aire y a Marcial siempre le quedó la duda de si la aventura hubiera llegado a su final. De si esa expedición habría acabado en buen puerto sustanciando los lazos de una convivencia estable, o si por el contrario, solo hubiera sido una laguna aislada en la que purificar su falta de amor no volviéndola a disfrutar en el resto de su existencia, y llamada por tanto a no ser repetida por superficial y pasajera. Candela no volvió a darle pie sobre el particular, y él no se atrevió a sacar a colación el asunto por miedo al ridículo; caso de que ella lo dejara en evidencia con una negativa al exponerle sus intenciones.

Finalmente el invento de las cuendas fue un boom ese año. A alguien se le ocurrió bañarlas en cuencos con líquidos de diferentes colores, y la policromía que consiguió revolucionó el concepto de unas manualidades, que inicialmente se limitaban a confeccionar artesanía típica y *pseudotradicional.*

—¡Quién te ha visto y quién te ve! —se decía Marcial, ya sirviendo copas de continuo todas las noches en el bar próximo al bulevar de sus amigos— Ver para creer; si todavía me convertiré en un próspero empresario cultivando esas plantas, que han sellado con su impronta el devenir del arte urbano del barrio, y por ende de la ciudad que lo acoge y lo rodea protegiéndolo del aislacionismo, y de la marginación residual de unas vidas libertarias que son felices con lo que son, y que en nada pretenden modificar su estatus para integrarse en la marea burguesa, que los acabaría reduciendo al anonimato y a la nada, tal y como ellos conciben el devenir de su existencia.

Marcial no supo protegerse de su propio destino, y este acabó sumiéndolo en la ceguera por la falta de previsión al no haberse anticipado a sus consecuencias. Una comunicación de Rafael desde Benidorm informaba que allí tenían actividad para todo el año. En verano turistas a *tutiplén*, y en temporada baja jubilados y excursiones multitudinarias de diferentes colectivos le permitía vivir mejor que antes, y en un lugar mucho más cosmopolita y diverso. Cuando Marcial se quiso dar cuenta las maletas de Narciso, Sonia, y las de la propia Candela ya estaban preparadas. Con besos y abrazos de despedida se subieron en un autobús saludándolo a su partida, y dejándolo solo e imbuido en el desasosiego, que malamente compartió con una incontrolada ansiedad.

—¡Si es que esta gente no es de fiar! —mascullaba rebelándose— ¿Qué se puede esperar de ellos si no tienen raíces ni sentimientos? Se dejan impulsar por el viento que sopla a su favor, aunque con su cambio provoquen que los demás escoren, ahogándolos en sus recelos para ser machacados por la inseguridad, que atrofia los movimientos hasta impedirlos totalmente.

No era justo pero sí previsible, él lo conocía de primera mano desde que dio con esa pandilla, y no iba a cambiar ahora el curso de la historia por una posición acomodaticia, que para nada vinculaba al tipo de gente con la que se relacionó. Era así de simple y sobre eso debería recapacitar sacando las oportunas conclusiones para el futuro. Un epílogo distinto a ese sí que hubiera sido insólito a poco que razonara sobre ello; debía madurar mentalmente, ya que le parecía mentira que algo así le ocurriera a él, que todo lo ofreció a cambio de un poco de compañía.

De quererlo hubiera podido, pero no estaba dispuesto a seguir a aquellos insensatos como los rebaños de ovejas siguen al carnero, que lidera la manada bajo la vigilante atención del pastor que ayudado por sus perros controla los desplazamientos. En todo caso, él tutelaría a quien se dejase cobijar bajo su protección, pero no al revés. Nunca se prestaría a arrastrarse detrás de nadie, por más que le fuera la vida en ello. Para eso aún poseía un zurrón lleno de dignidad y de orgullo.

—¡Va a ser que no! —concluyó recapitulando ante la evidencia de los hechos.

Claro que quien mucho niega termina asintiendo, y Marcial porfiaba convencido y esperanzado que en el otoño esos bohemios, encabezados por Candela regresarían otra vez, al igual que los pájaros vuelven a sus nidos y los mamíferos a sus madrigueras. Tan solo era cuestión de darle tiempo al tiempo, y todo volvería a ser como en esencia debió haber seguido siendo, sin alteraciones ni artificiales pretextos que distorsionan las expectativas creadas, y las vidas de las gentes de bien.

CAPÍTULO 3

Las cartas a Mario

Marcial sobrellevó ese otoño en soledad muy a su pesar. Ya nada sería lo que fue ni el futuro volvería a ser lo que era. Siempre creyó que rebuscando entre las rarezas de Candela encontraría un trasfondo de emociones que, a la larga, la hicieran incriminarse en un compromiso ulterior cuando no de enamorarse directamente, que la empujasen a proyectar como es normal en casi todos los seres humanos una vida basada en el amor, la ternura y el apoyo mutuos. Algo que los ayudase a compartir el presente preparándolos a la vez para un mañana en común, conduciéndolos por el sendero a recorrer hasta el final de su existencia, de la manera más dichosa y placentera posible.

Marcial no se resignó a su suerte aunque sí entendió que «no estaba hecha la miel para la boca del asno», como dijo que decía el dicho, comprendiendo que los dos provenían de mundos opuestos en los que en poco o en nada convergerían. Si bien en origen los dos procedían de la misma cultura, en algún recodo del trayecto sus caminos conceptuales se bifurcaron para no juntarse más, siendo ahora irreconocibles en su aspecto y en la propia esencia que los guiaba. Resolvió que eso le tuvo que suceder a Candela durante aquel maldito viaje a Oriente, en el que le borraron de la memoria sus fundamentos para inculcarle unas adoctrinadas historias de liturgia esotérica, donde la virtuosidad y el sufrimiento radican en nuestra mente, y nuestras acciones y experiencias son la causa y el efecto; eliminando todo vestigio del premio o del castigo que todo ser humano tiene la opción de recibir, como consecuencia directa de la materialización voluntaria de sus actos.

Nadie regresó de Benidorm, y menos aun le dieron explicaciones de cómo evolucionaron los acontecimientos durante aquellos meses, por lo que finalmente se conformó al comprobar lo poco que les importaba. Lo respetó porque no tenía más remedio pero ni lo compartía ni lo acataba. Eso fue jugar sucio y él no se consideraba merecedor de ese trato. Siempre creyó al pensar en Candela, que a determinadas personas les podría importar algo más de lo que estas le demostraban.

En un dictamen salomónico, se dedicó en tardes de aburrimiento más próximas a la depresión que al ocio, a escribirle cartas a su amigo Mario. En verdad no quería mandarle ningún mensaje en concreto que no conociera ya, pero sí que pretendía por este medio descabalgar de su pedestal a todos los que encumbrados en él, decidían y dominaban las vidas cotidianas de la población de su país, y de las conciencias progresistas con las que se identificaba despotricando sobre todos, para darse el gustazo de protestar hasta de las mismas protestas.

Con esto se esmeró tanto, que él mismo intuyó que su inconformismo superaba con creces lo admisible, incluso lo razonable, pero no se cortó un pelo y se propuso escribir una carta por semana. Trató de adormilar al sórdido invierno, mientras entretenía a su amigo Mario con unos pensamientos de actualidad totalmente fuera de lugar, y alejados de los circuitos más ortodoxos que regían la lógica de la convivencia nacional. Comenzó con suaves mensajes cargados de razón algunos de ellos, para poco a poco ir subiendo de tono hasta no dejar títere con cabeza, y arremeter contra todo bicho viviente que moviéndose o no, saliera en la foto y en los informativos diarios.

Los escritos que comenzó a remitirle a su amigo, solían estar encabezados por una única frase...

> Querido Mario, te envío una carta que escribí la otra tarde, y que dice lo siguiente:
>
> «Dirigida al señor presidente del consejo de administración»
> Muy señor mío:
>
> Ahora hago memoria repasando los más de treinta años que he trabajado en su empresa —cuando comencé simultaneando mis estudios con la carrera profesional que me ha traído hasta aquí— y recuerdo a mis compañeros y superiores que, por la época que a todos nos tocó vivir, los más de ellos escasamente acreditaban una cultura superior al graduado escolar, y unos conocimientos básicos susceptibles de poder hacer la «o» con un canuto y poco más, además de mucha desgana para querer aprender a hacerla por la escasez de esfuerzo y de

afán de superación despertados en ellos, y que debió desterrarse de todos aunque solo fuera por vergüenza propia, o en su defecto por vergüenza torera, que también hubiera valido; no fuera a ser que cualquier *mindundi* que llevase una punta de pan de atún con mayonesa desde la tienda de la esquina, sintiese rubor al ver el pampaneo de quien no fuese funcionario público. Ni siquiera un elemento escuchado con respeto en su propia casa, básicamente por falta de formación y criterio exceptuando el del ordeno y mando, y las actitudes dictatoriales tan en boga en aquellos años utilizando el consabido soniquete de «si no te gusta, ya sabes dónde tienes la puerta», se permitiría dar clases sin ninguna autoridad simplemente tirando de galones. Y todo ello para ahora llevar una existencia austera y sacrificada ciertamente, pero sin duda desproporcionada con respecto a los colaboradores habituales con los que usted se reúne, porque cumplieron dignamente con las exigencias del momento, de acuerdo con la formación académica y humana que recibieron.

Pues bien, como decía, hemos pasado de aquella realidad a contemplar cómo unas indemnizaciones obscenas, inmorales, injustas, y faltas de toda ética sea cual fuere su concepción de las mismas, son recibidas con mayor ruindad todavía si además de por los servicios prestados, son autoconcedidas y estipuladas por los propios beneficiarios. Muy trabajadores deben ser, sin duda alguna, pero si el día no tiene más horas que las que todos sabemos, incluyendo a los que sabían hacer la «o» con un canuto, y los buenos señores no son más geniales que Einstein, es que a todas luces estamos hablando de prebendas discriminatorias, que sin miedo a valorarlas desde un plano ético, humano, social y justo, me atrevo a calificarlas de indecentes.

Tirando de memoria, recuerdo que no pasarían más de dos o tres años cuando el copresidente, una vez cumplida su responsabilidad en la fusión llevada a cabo con otra multinacional competidora suya, se retiró con idéntico resultado oneroso. Y ello por cumplir estrictamente con su función, que fue la de dejarle a usted el camino expedito tras la ejemplar absorción, a diferencia de la materializada años antes por otras empresas de igual rango y condición.

Todo lo que aquí escribo se ha ido olvidando a lo largo de los años, y conste que quien lo relata proviene en origen de una empresa cuasi familiar, mucho más humilde que la suya. Recuerdo que fueron aquellos tiempos en que se nos empezaba a numerar, proveyéndonos de un carnet que acreditaba nuestra pertenencia a la plantilla. Por cierto, que por esas cábalas que tiene la vida a mí me tocó lidiar con el número 1313, guarismo supersticioso por antonomasia allá donde los haya, y en este caso por duplicado. Algo tendrá que ver en la desgracia personal de quien le escribe, y por extensión en la de los cientos de compañeros que igual de sobresalientes que yo, no salieron mejor parados si se comparan con quien rubrica esta carta.

Legal es... ¿pero ético? En un libro que leí, el protagonista de la historia respondió a una pregunta de una experta acerca de lo que en este país nos preocupaba, dándoles prioridad a nuestras actuaciones profesionales, en función de si eran o no justas determinadas prácticas tales como las aquí expuestas, sobre las que no me extiendo más exponiéndolas a modo de tótem. Aquel personaje se mostró muy sorprendido por la cuestión planteada: «no era justo», le contestó entre afirmación y pregunta mientras recapacitaba pensando... «¡a quién le importa si es justo o injusto!, eso ya lo dictaminarán los jueces y no nosotros».

Y por fin le toca el turno escuchando las noticias del día a otro gran colaborador suyo, opinión que solo es posible constatar en base a la pensión devengada que se destina a tan insigne preboste. Lógico es teniendo en cuenta que percibe en concepto de retiro, el sueldo que cualquiera de los bien pagados mortales entre los que afortunadamente me incluyo, percibiremos si duramos para contarlo en un plazo equivalente a más de dos mil años —para que luego digan que la cristiandad es muy antigua—, algo comparable a la velocidad de un triciclo compitiendo con una nave espacial que orbita la Tierra, y por elevación hasta con la velocidad de la luz.

La de este privilegiado señor se aproxima más a esta última y es que, supuestamente, desarrolló una labor que está a años luz de la de cualquier otro humano o, mejor aun, recurso humano que se las ingenia para desenvolverse en su tarea en proporción a su capacidad, y a las posibilidades puestas a su alcance. La primera otorgada por Dios, y las segundas por nuestra entrañable institución. El ingenio ya fue sometido a juicio divino mediante la parábola de los talentos, las opciones desplegadas quedan encomendadas a superior criterio que dictaminará en conciencia, utilizando parámetros de productividad y eficacia; y eso, ya es responsabilidad suya.

Por todo ello, y junto con la legión de compañeros que sin dudarlo se sumarían al breve juicio que aquí le expongo, aprovecho para enviarle un cordial saludo y un fuerte abrazo personal, que esto hasta el día de hoy continúa siendo gratis.

Puestos a ser beligerante con las estructuras, Marcial disparó a diestro y siniestro intentando abatir piezas de mayor calado, que le facilitaran la autocomplacencia por el relumbrón de sus personalidades. A la semana siguiente una nueva misiva le fue enviada a su amigo, con el ánimo de hacer el máximo daño posible, cual carga de profundidad explotando en donde previsiblemente los submarinos enemigos se ocultan. Si antes fue al presidente de una gran empresa, ahora los tiros silbaban por encima de la mitra Papal...

Querido Mario, te adjunto esta carta que redacté la semana pasada, y que reza así:

Al Papa de Roma:

Lo que pretendo de su santidad es una respuesta clara y concisa sobre un asunto que, desde mi etapa eucarística, me intrigó sobremanera al sopesar la verdad de un dogma, que más me pareció desde el principio un indestructible escudo protector que ampara a la fe, bajo pena de ser apartado del catolicismo si es cuestionado.

Mi duda en este momento no es otra que la creencia en la infalibilidad del Papa. Cuando su santidad iluminado por el Espíritu Santo habla *ex cátedra*, y en consecuencia es infalible, queda al margen de toda discusión lo que en el uso de su privilegio divino determine como cierto, para el conjunto de toda la cristiandad, y particularmente para los religiosos y católicos, apostólicos y romanos.

La duda que ahora me asalta golpeándome las sienes de mi humilde entendimiento, consiste en que tras la renuncia en vida de un sucesor de San Pedro, esa infalibilidad queda traspasada de su egregia figura a la del nuevo pontífice. Y me pregunto sobresaltado: al haber renunciado al cargo su predecesor, que pasa a convertirse en papa emérito, ¿este ya pierde contacto con el Espíritu Santo, y no puede hablar *ex cátedra* como prerrogativa de la fe al haber perdido la silla Petrina; solo por el hecho de retirarse de su cargo público, para dedicarse con mayor fervor espiritual a la oración?

Mi respuesta es que pensando que efectivamente es así, me mortifico por no ser capaz de asumir que su renuncia conlleva la pérdida de la Gracia, y el alejamiento de la verdad de Dios proclamada en primera persona, al ser esta desviada a otro santo hombre. Y si negase tal incongruencia por injusta e ilógica se multiplicarían mis incertidumbres en la fe, al contemplar como posible aunque improbable supuesto, el que por la actual longevidad de la vida humana pudieran llegar a coexistir dos, tres o más pontífices… y que todos quisieran proclamar los preceptos religiosos, sin coincidir necesariamente en las doctrinas impartidas.

Conozco la solución: los papas eméritos o que hayan renunciado a la silla de San Pedro, ni tienen porqué hablar, ni mucho menos opinar. Pero y si alguno adoleciese de la virtud de la prudencia, ¿quién se encuentra libre de perder la cordura? Lo digo porque más injusto me parece que soporten el castigo en vida, eliminando su relación con el Altísimo por haber renunciado a su apostólico cargo, que el que la cristiandad asuma sin el más mínimo debate, lo que el vigente Papa en activo resuelva como dogma de fe en virtud de su autoridad divina.

Los agnósticos dudamos, y por ello necesitamos respuestas que no son precisamente las que nosotros mismos nos concedemos, ya que estas nos hunden aun más en la incertidumbre; sino otras más preclaras que nos ayuden a soportar las tribulaciones en las que vivimos inmersos, y de las que verdaderamente luchamos por salir.

Estoy seguro que una aclaración de su Santidad en este sentido, contribuirá en gran medida a solventar una de las muchas controversias existenciales que la cristiandad le demanda, como guía espiritual y faro representativo que ilumina con su gracia por el camino de la salvación.

Otra nueva misiva le fue remitida a su amigo Mario, en un plazo menor a quince días desde el envío de la anterior…

Querido Mario:

¿Cuántas veces hemos oído que nadie da duros a peseta?

Pues yo sin ser alienígena, visitante estelar de un remoto planeta extrasolar, he podido constatar que este axioma es falso de toda falsedad.

En concreto y bien documentado no han sido duros a peseta, sino tres pesetas por peseta lo que quitan y no dan. Por una aportación estable en un producto que no podía dejar escapar ofrecido por un banco, con intereses trimestrales, liquidez en el mercado secundario al que ellos mismos se comprometían a dinamizar, y con la garantía del mayor banco nacional y uno de los líderes mundiales, el ahorro de un maestro albañil de unas decenas de miles de euros se convirtió llegado el momento, eso sí, prepactado desde el inicio del depósito que ineludiblemente, y llegado el plazo final debía transformarse obligatoriamente en acciones de la propia sociedad, por mor de la crisis mundial, económica, financiera, fiscal y monetaria, en unos ahorros que se vieron reducidos a un tercio de la cantidad original depositada.

La liquidez del mercado secundario obviamente resultó ser una pantomima, ya que no intercambiaba lo atesorado salvo al precio que marcara el deprimido valor, o lo que es lo mismo, que al no existir en la práctica cotización para esos títulos, el producto de liquidarlos allí era el equivalente de depreciar ese capital, en la misma proporcion en que se devaluó la cotización de las acciones en bolsa, viniendo estas desde máximos históricos cuando se formalizó la operación, a quedar mermadas en más de un setenta por ciento.

Llegados a este punto el banco ofrece un caramelo, envolviendo el canje del depósito con la agridulce propuesta de anticiparlo por unos meses, para así poder percibir el dividendo trimestral de las acciones, devengo al que en caso contrario no tendría derecho si dejara pasar la oportunidad brindada. En resumen propone adquirir un número de acciones por un importe aproximado de un tercio del capital, o de lo que nos costaría a nosotros si directamente las compráramos en el mercado en ese momento... ¡con dos huevos y un palito!

—¡Oiga!, que son condiciones pactadas y usted ya las conocía... y si la acción se hubiera revalorizado al doble, habría usted ganado el doble también.

¡Claro!, y si mi tía en lugar de tener un *chichí* tuviera un paquete, pues no sería mi tía, sería mi tío...

—Además escúcheme bien, que esto... Nada que ver con las preferentes, ¿eh? Que esa es otra historia y bien agria —matizaba el banco.

Conclusión: las tres pesetas de nuestro ahorrador compradas en acciones del propio banco valoradas a peseta, y ahora a rezar para que no sigan cayendo. Y también para que con las sucesivas ampliaciones no se diluya más su valor, o que algún otro contratiempo o cambio normativo no redujera el dividendo a percibir, por beneficios empresariales inferiores a los esperados.

Cuando yo digo que en este país existe más terrorismo además del que todos conocemos, claro que no vamos a combatirlo con metralletas, eso nos situaría a su misma altura; resignación cristiana es lo que toca en estos casos, y como dijo el banco:

—Muchísimas gracias por la confianza depositada en nosotros...

¡Ver para creer!

Amplificando el eco, Marcial se atrevió con todo. No habían transcurrido otras dos semanas, cuando

Mario recibió una nueva epístola de su amigo, esta vez dirigida a un teórico presidente de la política nacional…

Querido Mario…

«Al presidente de los políticos»

Sr. Presidente:

Con el debido respeto y consideración le escribo estas líneas, por no renunciar a ser lo que siempre fui; un ciudadano que contribuía activamente con su voto en la alícuota parte que le tocaba de participación cívica, y en el mantenimiento de los ideales democráticos del país.

En el día de hoy quedo asombrado, obnubilado y desconcertado —se me ocurren más adjetivos—, al conocer la noticia del nombramiento de una política como presidenta de la comisión nacional del mercado… pero ¿otra vez a vueltas con lo mismo?

Dejé de participar en las elecciones temporalmente, tanto en las generales como autonómicas y municipales a partir del 2004, fecha en la que interrumpí esa práctica tan arraigada desde las del 15 de junio de 1977. Nunca desde entonces fallé, ni falté, ni las soslayé, lloviera o tronara; si bien por suerte o por desgracia eso en esta región no sucede muy a menudo. Con la decisión de hoy amparada por la dirección de su partido, esta ausencia en mi participación democrática será ya perenne e irreversible. ¿Es que no quedó claro que la inclusión de políticos en los órganos de gestión de las cajas de ahorros fue un auténtico desastre? ¿No tenemos la certeza de que la mejor solución es poner a la cabeza de las instituciones a los mejores profesionales del sector? No lo parece puesto que ahora llega usted nombrando a otro político, no ya en la cúpula de las entidades financieras cuya ineficiencia ha quedado bien patente para escarnio público, sino que repite el error al colocarla al frente de órganos de control de máxima relevancia económica y financiera.

Renuncio a creer que dentro de su cabeza hay de todo menos inteligencia y sentido común: ¿no quedamos en que no, que los políticos a la política y los profesionales a su profesión? Pues no da la impresión que sea así, persistiendo en mantener abiertas las heridas y en continuar dañando sensibilidades. Elucubrando con diversas hipótesis he pensado en una lógica que usted me plantearía... ¿y qué hago con ellos? ¡Los tendré que colocar en algún sitio! Pues es muy fácil, quien no valga para político ni tampoco sea un profesional de prestigio consagrado, que se esfuerce en conseguir un puesto de trabajo como el resto de sus conciudadanos, y si no, los manda usted «a la cola del paro», como están millones y millones de españoles. ¿Por qué no, o es que tienen patente de corso, o es que su inutilidad es rayana a su ceguera?

Me gustaría aprovechando la licencia cambiarle el tercio:

Y dice usted en sede parlamentaria nada menos, que dos chorizos de su filiación política —que esa es la nomenclatura que utiliza la gente normal para la que usted gobierna—, no tienen responsabilidad alguna en el partido desde hace años. Está visto que no hay mayor mentira que una verdad a medias, o que una verdad manipulada y tergiversada, o que una mentira disfrazada de verdad, ¿no?

¿Por qué digo esto?

Porque la cuestión no es esa, el asunto de fondo hay que tratarlo a la inversa y preguntar: ¿qué responsabilidad tiene el partido político hasta hace no más de cuatro días con esos dos impresentables, para que les siga pagando mensualmente? ¿Por qué su formación los remunera generosamente todos los meses? Eso sí es una obligación para ustedes porque para ellos lo único que esto les reporta es una inseguridad, y una preocupación caso de que la cantidad a cobrar no les llegue puntualmente como hasta ahora. ¿Por qué no reparten sobre para todos aunque sean oficiales, en blanco y tributando? Si la ciudadanía tampoco quiere ser partícipe de ninguna actuación fraudulenta… ¡alma cándida! Seguro que sus obligaciones de presidente lo deben tener sumamente ocupado y no le permiten ver lo evidente, aceptar lo visible, y ruborizarse de lo que es intrínsecamente vergonzoso…

Sandeces, necedades, y estupideces oídas por doquier, me obligan a ser prudente cuando menos para hacer públicos los nombres de aquellos que con nuestros impuestos perciben emolumentos económicos estables, altos y periódicos, al parecer a cambio de decirlas.

No publicaré su identidad por dos razones básicas:

La primera es obvia; por vergüenza ajena. Si nuestros representantes se presentan a las campañas electorales argumentando que quieren dinamizar el país, recobrar la senda del bienestar, y ahondar en las libertades ciudadanas, mi sonrojo me invita a no señalar al líder que ofreció tal brindis al sol, compensado con una percepción económica suficiente y más que abultada para hacerse cargo de la manutención de su familia, y hasta del oneroso pago de su importante y laxa hipoteca.

Porque lo inmediato que a un ciudadano común y corriente se le ocurre al escuchar tamaña falacia es: «¡Ya está, ya encontré la solución! A este es al que yo votaré y no a los otros, que seguro persiguen lo contrario —esto lo deduzco por descarte, al no verlos agrupados en el mismo bando político—; los demás desean paralizar la nación, eliminar la senda del bienestar emprendida, y cercenar las libertades ciudadanas y los logros conseguidos hasta ahora... ¡Ya lo tengo claro! ¿O no? ¿O más bien todos quieren lo mejor y nosotros deseamos también lo mismo? ¿Será que la variante es el camino a andar para conseguirlo? Sí, seguro que sí —hay que ser benevolentes—, pero a pesar de que los procedimientos, los medios y los protocolos son fundamentales, de eso nada de nada, ni una mala palabra».

¡Fijaos en los otros que dejaron el país hecho unos zorros! Correcto, y tú no. Tú no eres tan perverso. A ti sí te votaremos para variar el rumbo de navegación, y solucionar el desaguisado en el que estamos sobreviviendo. Pero ¿nos puedes decir cómo lo vas a hacer, alma de cántaro, o es solo un deseo que pretendes trasladar? ¿Los demás no promueven lo mismo? No, seguro que no; los anteriores son demonios con cuernos y rabo que nos perjudicaron a conciencia, y encima como el votante es masoquista, a veces los vuelve a elegir con infinita generosidad.

¿Es esto lo que ahora demandan ustedes, la misma fe que ya tuvimos y después ya se verá? ¿Y para eso cobran? Aunque nuestra limitada capacidad de discernimiento hiciese en última instancia llevarles el sueldo mensual a su casa, por dignidad y por orgullo yo rogaría que ustedes lo rechazaran, que no se apropiaran de aquello de lo que no son merecedores. Porque la dinámica del sistema es imparable, y por más que nos pese no podremos interrumpir el flujo de sus ingresos, saldo que explícitamente renuncien a ellos.

No le canso más para evitarle la tentación de confesar que estamos a la par, y de que aun llegado el caso que mi irrefrenable indignación como contribuyente me imposibilitara cerrar esta página, siempre hay y habrá una abismal diferencia de por medio entre nosotros: y es que usted cobra de los ciudadanos, en tanto que estos además de votar, pagan por ello.

Muy agradecido le quedaría si llegase a sus alrededores este escrito, y le pudiera dedicar tres minutos a reflexionar sobre él, caso de que alcance a leerlo. Lamento mis exabruptos, y le deseo el mejor raciocinio para futuras decisiones por el bien general, que como usted bien sabe no es menos suyo que nuestro, pero tampoco más.

Finalizaba el invierno, y Marcial aún le remitió a su amigo una nueva carta…

Querido Mario…te adjunto esta misiva dirigida a los cristianos.

«A los cristianos inmovilistas»:

Se me ocurrió pensar en uno de los mandamientos, que según la biblia Dios le endosó a

Moisés en el Sinaí, o para citarlo con propiedad: Yhavé. En concreto el quinto: «no matarás».

Recapacitando en un significado tan evidente y en un mensaje que es obvio, comencé a desmenuzarlo tirando del hilo especulativo hasta ver adónde me podría conducir, y dije:

—Está bien, no mataré, el mandato es contundente; pero tal vez si podré herir, aunque solo excepcionalmente y en defensa propia, siempre que tales heridas no conlleven como resultado la muerte de un semejante.

Pero, ¿cómo medir la gravedad de mi acometida para estar completamente seguro de que no terminará en ese fatal desenlace? Sería una tragedia, pero es materialmente imposible tener la certeza plena por liviana que sea la herida provocada, ya que hasta un simple rasguño sin importancia es susceptible de infectarse por falta de asepsia, y acabar con algo tan trascendental como es la vida de otra persona... no será la primera vez que esto ha ocurrido.

Ante un planteamiento tan pulcro y excesivo como ese me decía que incluso el deporte de las doce cuerdas, el boxeo, debería estar prohibido; pues los golpes propinados aun en ausencia de derramamiento de sangre, pueden producir lesiones mortales. Extendiendo esa corriente y prosiguiendo con mi hipótesis, opiné que el quinto mandamiento no debería ser tan escueto, y me sugerí algo parecido a lo siguiente:

«No matarás, ni herirás, ni pelearás, ni lastimarás, ni discutirás... ».

Porque un concepto lleva al otro y, por extensión, una simple mirada en plena calle de alguien cuya presencia física te repele, puede acabar llevando aparejada sin desearlo la dramática situación que estamos analizando para evitarla.

Llegados a este punto la sociedad en su conjunto se haría ingobernable, y la convivencia de los seres humanos considerados en un plano de igualdad sería totalmente inasumible. Salvo que todos los pueblos del mundo profesaran la misma religión, la judeocristiana, los feligreses de esta quedarían sin amparo al no poder responder a la agresión, frente a cualquier acto de posesión, conquista, dominio, y hasta de esclavitud a manos de otros pueblos de distintas creencias, caso de que sus diferentes religiones o la ausencia de ellas, no estuvieran sometidas a una prohibición tan expresa y taxativa como la nuestra.

Consecuencia de todo ello, me da que pensar el hecho de que este mandamiento es inoperante por un error inicial en su planteamiento, ya que como premisa es imprescindible que todo el género humano rezase bajo el mismo credo, y estuviese integrado en una única religión monoteísta: la cristiana. Y aun si esta utopía fuese posible, tampoco sería factible el cumplimiento del mandato, porque ¿quién controla a la mente humana, y a los hechos que de sus emociones se derivan? Continuaríamos precisando una autoridad coercitiva como la actual, que irremediablemente asumiría todos los riesgos aquí citados, y las probables consecuencias negativas que entroncarán con ellos obligándoles a ser los primeros pecadores, y consiguientemente los más denostados por el conjunto de la humanidad, al no cumplir con tan sagrada exigencia.

En definitiva esto genera todo un dilema, que concluye en un drama insoluble y poco práctico; es más, pasaríamos a habitar un mundo absolutamente irreal, en mayor medida que la isla «utopía» de Santo Tomás Moro. Irremediablemente finalizaríamos abrazando la utopía religiosa de San Agustín, en tanto en cuanto que para dar cumplida cuenta del precepto «no matarás», deberemos primero alcanzar el reino espiritual, lo que es definido como el «reino de Cristo»; y en el terreno anímico la mente física no existe.

Jamás recibió respuesta, pero Marcial proseguía con el calendario epistolar que se había impuesto disciplinadamente, para hacerle llegar a su amigo los profundos pensamientos y opiniones que era capaz de verter acerca de cualquier tema, por neófito que en él se considerara.

Eran los primeros días de marzo y sembró dos docenas de semillas de cuendas en su jardín, con el fin de emular el éxito de la primavera anterior. Todavía le quedaba un saquito de la cosecha precedente, y es que esas plantas cuando se ponían a producir bolitas, ciertamente eran pródigas de verdad.

Entretanto una nueva carta fue enviada al mismo destino que las anteriores.

Querido Mario, esta que ahora te mando contiene reflexiones sobre las reinas. Espero que te encuentres bien…

A nuestras Reinas:

Ahora escucho en el noticiario, que una Reina visitó los lugares asolados por las inundaciones producidas a causa de las tormentas de las últimas semanas. Todo un acto de preocupación y solidaridad por su parte, salvo cuando me pregunto: ¿pero viene con el cheque firmado para entregar los fondos que ayuden a restablecer los destrozos ocasionados? Creo que no está dentro de sus posibilidades, y que también carece de instrucciones y atribuciones para ello; no es su papel.

Me asalta una segunda duda acerca de su actuación, que esta sí que se encuentra más a su alcance: ¿viene a recaudarlos? Una comida de confraternización a miles de euros el cubierto, en la que con toda seguridad los *factótum* de la región, los vanidosos que se lo puedan permitir, los palmeros con ansias de protagonismo, y la jalea real en tropel, que son aquellos que halagan a los Reyes hagan o no lo que deben hacer, y digan o no lo que tienen que decir, se apuntarán muy gustosos colaborando por una buena causa, a cambio de almacenar en sus retinas las imágenes, y en sus estanterías las preciadas fotos de rigor.

Pero no, tampoco es para eso. Solo se trata de comprobar en primera persona el desastre natural producido, y de acompañar por unas pocas horas a las víctimas y damnificados por el suceso. Al reflexionar sobre este particular me quedo con la duda, de si el viaje y los gastos que acarrea su visita los pagamos entre todos, generando un flagrante expolio en lugar de una ayuda adicional a la que se necesita. Porque la noticia puntual y las zonas y gentes afectadas, ya tuvo la oportunidad de ver las imágenes por televisión, y a través de otros canales de información sin tener que generar gasto alguno. Si ella no trae el repuesto a lo perdido, mejor que lo hubiera visto desde palacio en lugar de vivirlo *in situ*, eso sí, una vez pasado el peligro.

Y yo me pregunto, ¿realmente le importa? ¡Si vive como una Reina! Caso de desplazarse que no nos incremente el gasto y, puestos a pedir, que su esfuerzo tenga alguna utilidad práctica más allá de la testimonial, amén del solidario gesto que se le agradece. De no ser así, que haga lo que yo, quedarme en casa, que a mí también me gustaría ir a gastos pagados a presenciar ciertos fenómenos en primera fila, y encima bien arropado por quien me los explique, facilitándome pormenorizadamente los detalles para mi comprensión.

Se envalentonó aun más ante la falta de respuesta, y le envió una última epístola apuntando alto, esta lanzada al aire para quien la quisiera atrapar al vuelo; sin duda estaba provocando alguna reacción que no llegaba por más que insistía...

Querido Mario, dirigida a héroes y villanos:

Recuerdo a los cantautores y a las canciones protesta de mi adolescencia, así como a los símbolos ideológicos y patrióticos de aquella generación que reflexionaba sobre todo ello. Yo canturreé música revolucionaria cubana referida al Ché Guevara, en cuya letra escrita se leía: «Mañana cuando yo muera, oigan queridos hermanos/Quiero una América entera, con el fusil en las manos.../Hay Ché camino, patria o muerte es mi destino».

Y ahora pienso en lo miserables además de ignorantes que debieron ser ese tipo de personajes, cuando convencidos de su cruzada simplificaban tanto su existencia, como para convencerse que el ser humano venía al mundo para entregar su vida por la patria, y caso de no conseguirlo la muerte era la mejor alternativa dentro de su elevada misión.

Fuera de las líneas fronterizas trazadas, y de lo que cada cual entienda por patria, término que se plasma mentalmente en una pequeña porción del planeta tierra, conquistado por las armas a otra pequeña fracción del mismo planeta, tan minúscula como artificial e irrisoria vista desde la distancia del espacio, ya que no es más que una simple subdivisión administrativa. Y me pregunto, ¿a esa gente no se le ocurrió pelear a favor de su vecino de al lado, o de la especie en general tan necesitada de ayuda, consuelo y justicia? No, ese es un objetivo mediocre al que los predestinados a pasar a la historia no deben dedicarle el tiempo, por insignificante e inoperante en sus objetivos marcados. Hay que ir más allá, hacia algo grande que otorgue leyenda y honores. Y para eso resulta imprescindible llenarse la boca con la palabra «patria» y, a ser posible, envuelto en una bandera que simbolice y resuma el ideal que se pretende defender, aunque en realidad nadie lo ataque más que ellos mismos.

Por eso a veces esos mismos visionarios son capaces de luchar en dos, tres, o cuatro países a lo largo de su etapa de combatientes, intentando dejar bien a las claras que defienden al hombre y no al territorio:

«Señor, guárdame de mis amigos, que de mis enemigos ya me protejo yo».

También en aquellos años en los que toda esa generación iba en pos de unas señas de identidad propias, se lanzaban a la calle y a los multitudinarios recitales como los de Paco Ibáñez, cuando arropado con sus canciones entonaba aquello de «porque la música militar nunca me supo levantar». Y eso por no entrar en la escueta, enrevesada y etérea canción *Al vent* de De Raimon, puro artificio melódico de todo lo plausible, y de nada más allá que de la simbología de la que alardeaba.

Valiente sarcasmo combatir por unos principios en lugar de hablar de ellos, y empeñarse en vencer en lugar de convencer por defenderlos, haciéndolos extensibles para el bien general de la humanidad.

La miopía de aquel que cree ver más que los demás, hace que por las noches mire al dedo que apunta a la luna, en lugar de regocijarse contemplando el satélite.

Desde Einstein no existió nadie más inteligente, pero el mundo acogió a muchos más de los que en este masificado planeta se proclamaron afines, rindiéndose ante personajes geniales y no ante la genialidad de las ideas, que casi nunca son coincidentes como relación causa efecto entre unos y otros; véase al anónimo inventor de la rueda, solo superado por el de la escritura.

Mario, no quiero extenderme más con mis disquisiciones filosóficas que a nada conducen, solo deseaba comunicarte mi delicado estado anímico, cuya mejoría pasa por sobreponerme a mi nueva situación vital y real, buscando en mi vida algo que le dé el sentido que siempre tuvo, y del que dependo como una marioneta movida por los hilos que me sujetan a ella.

Un abrazo de tu amigo Marcial…

Las lluvias de Abril hicieron su presencia bajo atronadoras nubes en el grisáceo cielo, y por fin Marcial recibió una carta de su amigo. Visiblemente alterado rasgó el sobre para leer su contenido, era la primera vez que Mario le contestaba, y supuso que en su escrito le respondería a algunos aspectos expuestos en las suyas, y a otras cuestiones tal vez más relevantes acerca de cómo le iba, y de cómo se desenvolvía en su azarosa vida capitalina.

Con el papel entre sus dedos, Marcial comenzó a leer ansioso:

Estimado amigo, te ruego me dejes en paz con tus neuras, te pido que no me escribas más sandeces; te lo agradecería enormemente… ¡créeme! En todo caso prosigue con tus paranoias, pero no me vuelvas loco a mí también.

Con respeto, y esperando que por una vez en tu vida me hagas caso…

Firmado Mario.

Marcial se quedó estupefacto convencido de la nobleza de su proceder, y de las buenas intenciones que regían su mente al producir escritos como los enviados a su amigo, y ahora este le mutilaba la comunicación postal sin consideración alguna.

Su entretenimiento tuvo un límite, y fue colmar la paciencia de su amigo rebasada ampliamente al recibir tantos reportes, con sus incongruentes reflexiones y sus visionarias simplezas.

—Pensará que soy un neurótico patológico, y no querrá que le contagie mi mal —opinó apesadumbrado tirando la carta al cubo de la basura.

Salió al patio, y sin excesivo entusiasmo vio cómo sus matas crecían a un ritmo endemoniado considerando que se trataba de unos humildes vegetales:

—En mes y medio estarán llenas de cuendas —afirmó recogiéndose nuevamente en el interior de la casa.

Se convertiría en el proveedor oficial de todos los puestos del bulevar, eso era lo importante, ya que estimó que de su amigo Mario una reacción así era más que predecible. Siempre fue un animal burgués satisfecho con su suerte, aunque por disparatadas que fueran las reflexiones que Marcial le envió, tampoco se sustentaban en blasfemias ¿no?

—Entonces, no será para tanto... ¡caray!

Que hay que ver hasta dónde llega el desagradecimiento de algunos amigos, y lo que duele cuando estos son de los más allegados. Tanta confianza y confidencias vertidas mutuamente, y ahora Mario se descolgaba con un desprecio indicándole que lo dejara tranquilo...

—¡Valiente animal, que solo le mueve el trabajo y el dinero! —sentenció enfurruñado, mientras procuraba quitarse de la cabeza los cuatro renglones mal escritos, que recientemente había leído enviados por su amigo.

—¡Otro que tal baila! —dijo preguntándose—: ¿Es que aquí nadie piensa; y entonces para qué tenemos el cerebro?

Remató su analítica echándose a descansar sobre la cama.

CAPÍTULO 4

Los amigos de Candela

Algunas noches que Marcial regresaba pronto a casa, se tumbaba sobre la cama haciendo vanos intentos en conciliar el sueño con rapidez. Estaba acostumbrado a dormirse muy tarde, así como a levantarse pasado el mediodía, por lo que daba vueltas en el colchón y pensaba y soñaba incluso con los ojos abiertos. Imaginaba a Candela, aquella maldita obsesión que se le incrustó como metralla en el alma, siendo ya inevitable mantenerla viva en el recuerdo, y en algún que otro acto físico más del que disfrutaba mentalmente con sus fantasías.

Esa vida de nómadas que esta gente llevaba a cabo no era de fácil comprensión para él. De niño había contemplado titiriteros y saltimbanquis por las plazas de su pueblo, y malabaristas que a cambio de unas monedas hacían auténticas filigranas con mazas y pelotas, y con naranjas y manzanas, dejándolo con los ojos abiertos como platos, asombrado e incrédulo por el espectáculo que veía. Pero todo tiene una edad, y la suya no estaba ya dentro de un marco razonable para basarla en la aventura, además de que esa manera de ganarse la vida no iba con él, por más que tuviera el ramalazo de inconformista que le hacía meterse hasta en los charcos, buscando la verdad a través de los secretos de la vida, y de la rica diversidad de sus habitantes.

Llegó el mes de mayo, y en el bar le concertaron el horario para trabajar ya de continuo de cara a la nueva temporada. Esos ingresos le venían de perlas como complemento a la pensión pero, sorpresivamente, renunció a seguir prestando sus servicios allí otro año más. Vendió gran parte de la recolección de cuendas a bajo precio, producto de una precipitada resolución que adoptó de la noche a la mañana, y a pesar de no ser partidario de ciertas andanzas realizadas sin planificar, cerró la casa y sacó un billete de tren con destino a Benidorm.

Aquella ciudad era mucho más grande y variopinta que la suya pero preguntando —en el mismo centro donde todo confluye y los turistas se aglomeran a decenas de miles en los meses de verano—, no le costaría mucho en dar con los puestos de *hippies* y con los sitios frecuentados por los artistas ambulantes, donde alguien de seguro le facilitaría algún dato sobre Candela y sus amigos. Estaba decidido a seguirla y, caso de encontrarla, a retomar con ella la relación de simple compañero o cualquier otra que buenamente ella le insinuara. Esa mujer pasó a significar en su conciencia la fruta prohibida del paraíso, inalcanzable siempre y apetecible ahora, por la sublimación que en su memoria hizo de ella; cada día que pasaba la enaltecía más, deformando su recuerdo al ritmo de sus enfervorecidas ensoñaciones.

A su llegada, Marcial Ganuza se instaló en una pensión de mala muerte, en cuya habitación solo disponía de una bombilla en el techo, cama y mesita de noche, y un lavabo con jabón junto a una silla sobre la que depositó su maleta. Los precios allí eran prohibitivos para arrendar una casa, al igual que los hoteles plagados de extranjeros, que callejeaban con la vista extraviada y más colorados que los salmonetes por el abuso de sol, en la inmensa mayoría de los casos sin una mínima protección contra los nocivos efectos de sus rayos.

Por la noche salió a patear los sitios de mayor hacinamiento de gente a la búsqueda de su ninfa extraviada, hasta que ya de madrugada dio con los mercadillos playeros, que a base de mucho andar encontró, y dentro de ellos con el núcleo de amigos que le interesaba. Vio a Sonia detrás de un armatoste de madera, iluminado su rostro con la luz de los candiles, y atendiendo a los turistas que manoseaban las manualidades allí expuestas, preguntando por señas el precio de las mismas. Se acercó apresuradamente hacia aquel puestecillo, y le preguntó a su amiga por Candela. Sonia le informó que se había quedado en casa ya que tenía un poco de fiebre; las últimas noches se había enfriado con los cambios bruscos de temperatura por lo que prefirió guardar cama, y sofocar sus escandalosos estornudos que la noche anterior se oían a lo largo de todo el paseo marítimo. Sonia le dio la dirección y la llave de la casa para que se acercase hasta ella, ya que no terminaba su trabajo en el puesto hasta pasadas las cinco de la mañana; allí la vida nocturna se desarrollaba con la misma intensidad que la diurna.

Marcial se encaminó pendiente arriba. Las calles en cuesta son cómodas para bajar, pero terriblemente agotadoras si se suben determinadas rampas hasta llegar a la parte alta de las mismas. Cuando entró en la vivienda todas las luces se encontraban apagadas, encendió la de la entrada, y cerrando la puerta de la calle oyó la voz de Candela preguntar desde el fondo.

—Sonia, ¿eres tú?...

—No Candela, soy Marcial. ¿Puedo entrar?

Se dio cuenta que mientras lo consultaba por pura cortesía, ya andaba de camino al dormitorio. Candela alzó los brazos con gesto de acogerlo en su regazo, y lo abrazó emocionada:

—¡Marcial, Marcial... mi amigo Marcial! —dijo pasándole los brazos por la espalda, apretándolo fuertemente para sentirlo junto a ella.

Cuando por fin el recién llegado pudo liberarse medianamente de sus tentáculos, tras darle un par de besos en la frente, observó las lágrimas de Candela rodar por sus mejillas. Mezcla de emoción sin duda pero también aderezadas con un aparente sabor amargo de impotencia y dolor.

—¿Qué te pasa Candela, como estás...?

—No preguntes y abrázame, le respondió, y acuéstate a mi lado.

Fue dicho y hecho, en un santiamén y sin más preámbulos, cuando Marcial quiso darse cuenta ya se encontraban copulando, a la vez que las sonrisas de agradecimiento y las caricias no cesaron de ir y venir de un rostro al otro. Un tremendo estornudo soslayó una ventosidad que Candela no pudo controlar, rompiendo el hechizo del momento y, como en un acto reflejo, Marcial separó la unión de los cuerpos y las almas al valorar por un instante el acto sexual como algo secundario, dada la manifestación acústica recién expresada con tanta profusión.

—Lo siento Marcial, pero no, no te separes de mí; no te alejes y quédate conmigo.

Candela se refugió en el calor de las sábanas, y generosamente quiso darle todo el placer que ella era capaz de regalar. La larga abstinencia por un lado y los estímulos orales por otro, hicieron que su amante retomara su afanada perseverancia, y colocándose encima culminara lo que empezó, escuchando los espasmódicos gritos de Candela bendiciendo al cielo, y arañando el torso descubierto de Marcial, que finalmente cayó a plomo sobre ella una vez superado el éxtasis del momento.

Parcos en palabras, y bien abrigada ella al haber encontrado el calor humano en dónde derretirse, ambos se quedaron profundamente dormidos, hasta que el ruido de una persiana y los primeros rayos de luz impactaron en sus caras, seguidos de la voz de Sonia que con aspavientos reprendió a la gozosa pareja.

—¿Qué hacéis así? Tú, Marcial, fuera de mi cama. ¿Qué os traéis entre manos? ¡Candela es mía y de nadie más!

«¿A cuento de qué venía eso ahora?» se preguntó él sin entender muy bien el fondo del asunto. Y Narciso y Rafael… ¿dónde estaban?; al ver que Sonia regresó sola, daba la impresión de que allí solo convivían ellas dos, haciendo que todo le pareciese muy extraño.

Candela le pidió encarecidamente irse con él. Le rogó con súplicas que la sacara de allí. No deseaba entrar en detalles pero si en algo la apreciaba, lo que debía hacer era irse y llevársela consigo. Daba igual el destino; únicamente necesitaba escapar de lo que definió como la antesala de un insoportable infierno.

O Marcial era algo duro de entendederas, o ella no se explicaba con absoluta coherencia, pero el guante estaba lanzado y recogió el testigo. Retornarían nuevamente a su casa, con su salón selvático repleto de símbolos budistas, con los conejos y las gallinas, y con sus esplendorosas plantas productoras de inefables cuendas, verdadero orgullo patrio del que Marcial se lisonjeaba allá por donde las exhibía, contestando a las preguntas acerca de su procedencia y tratamiento para conseguirlas.

Dejaron transcurrir la jornada como buenamente pudieron, Marcial pagó el día en la pensión sin tan siquiera haber desecho la cama, solo la maleta de la que sacó una bolsa de cuendas que ese atardecer vendió a granel en el mercadillo local; y a su regreso a la vivienda de Candela adquirió dos billetes de autobús que partía esa noche. Volvió a casa de Sonia para recoger a Candela con sus escasas pertenencias y apostarse en el andén de la estación, antes que su amiga regresase ya casi de amanecida. Hicieron tiempo allí hasta que la salida del autobús fue una realidad, para los dos solos y unidos volver al domicilio de Marcial en el que todo la añoraba, y la esperaba con los brazos abiertos comenzando por su bucólico morador...

—¡Cómo se complica esta gente la vida! —murmuraba entre dientes—. Con lo aparentemente libres y felices que proclaman ser, y hay que ver los líos que se traen.

Igual era producto de la edad, pero Marcial necesitaba resetear el disco duro de su cerebro, y volver a asimilar la existencia de los que en el mundo son; vivan o no de manera diferente a la suya.

Tres horas de autobús, y un infinito silencio no programado, fueron los culpables de la tardanza en arribar a la casa, en la que desde que su compañera pudo divisarla le cambió radicalmente el semblante, así como la predisposición y el ánimo por entrar en ella. El humor ya lo incorporará al plexo solar de Marcial en cuanto se hubieran acomodado en su interior, que en determinados casos la intimidad no está reñida con la cautela, y como bien sentenció el maestro Antonio Gala: «lo divertido no es lo contrario de lo serio, sino de lo aburrido».

La aparición de Sonia tres semanas después, incrédula por el no retorno de Candela a Benidorm, empañó temporalmente la vida de la pareja. Venía a por ella. Era su amante. Su mujer.

—Eres mía —dijo con tono amenazante al verla protegida por Marcial.

Este empezaba a sentirse fuera de sí y, procurando no salirse de sus casillas, la conminó primero con mucha educación y luego con autoridad e impaciencia a que abandonara aquella casa, y que no regresara a ella nunca más.

Tal y cómo le explicó después Candela, Marcial comenzó a interpretar que en la vida existen muchas más alternativas diferentes a las preestablecidas por los tópicos y las costumbres, y que la violencia de género también se podía dar entre dos seres del mismo sexo, máxime si existía una afinidad sentimental, y una relación de dominio por medio; siendo en este caso Sonia la que ejerció de acosadora, por lo absorbente de su carácter y por los desaforados celos que no lograba controlar. Si ya es peligroso un contendiente colérico, compitiendo por una persona desde el ámbito emocional, el hecho de que este se encarne en una mujer, y que además sea del mismo sexo que el ser al que dice amar, ya es lo más tremebundo para enfrentarse a ella. La explosión que produjo el bigbang, creador de nuestro universo en cuanto a liberación de violenta energía se refiere, podría llegar a asemejarse a lo que una mujer despechada hasta esos extremos sería capaz de provocar, en la reducida dimensión natural que ella abarcara. Todo un delirio de grandeza y mezquindad a la vez, surgiría en el supuesto de aceptar la pelea por aquello que se supone no es una propiedad física, sino una interrelación sentimental basada en el amor, el cariño y el respeto mutuos.

Sonia se marchó y Candela renació de sus cenizas. Ella por coherencia con sus ideales no se ataba a nadie ni para someter ni para depender, su única y casi exclusiva inquietud era la de vivir libre y a bien con todos, sin importarle la procedencia ni el destino, las pasiones y las sujeciones a la realidad conocida, y en la gran mayoría de los casos compartida. Esto fue lo que siempre sintió y expresó, al menos hasta ahora, que como bien decía Marcial nunca es tarde para cambiar de criterios, si los nuevos son más adecuados y congruentes con la evolución a la que la vida nos lleva, al marcarnos con pequeños traspiés el rumbo, y el destino final al que deseamos llegar; suponiendo que este ya lo tengamos trazado de antemano como la salida de un misterioso laberinto. Marcial se refugió en Candela, y ella en la concepción de su existencia terrenal, que a base de minúsculos avances iba asentándose en su espíritu, madurando progresivamente según acumulaba experiencias, y doctorándose con el paso de los años en la ya no tan sublime universidad de la vida.

Marcial pudo reincorporarse a su puesto de camarero, reforzando las noches de verano en el bar donde habitualmente acudía y colaboraba por horas, y el bronco torrente de un episodio impúdico e inaceptable como el vivido retomó la senda de lo cabal, encauzando sus bravas aguas a la turbiedad de un recorrido imperfecto aunque predecible y más calmo, que por fin quedó bien controlado en su superficie.

En un inefable día en el que Candela trataba de agregar unas gotas de humor cáustico a la convivencia, le relató que Sonia tuvo que ser la inventora del hilo de cobre tirando y estirando del borde de una peseta. Fue una dominadora que abusó de ella económica, física y sentimentalmente. Era pues un portento de habilidad manipulando la inoperancia de la razón ajena que, paralizada por los trémulos impulsos de los acobardados miedos no derrotados al inicio de que estos se produzcan, acababa subyugando a sus débiles víctimas haciéndoles presa fácil de sus propias sugestiones, convirtiéndolas en infranqueables barreras imposibles de superar por sus propios medios. Ello propició que quedara muy en evidencia y colapsada al ser incapaz de reaccionar, y de restablecer los fundamentos de su realización personal con el necesario equilibrio emocional.

Marcial y Candela debían de tener el diapasón desacompasado, cuanto más se interesaba el uno por la otra, más escéptica se mostraba esta. Aquella casa aún no era la arcadia de Virgilio, pero prometía ir a mejor en cuanto los recelos dejaran paso a la esperanza, despejando paulatinamente de incógnitas una relación que tan solo precisaba tiempo para consolidarse. Salían a pasear con las manos entrelazadas, Candela jugaba con los dedos de Marcial haciéndole chasquear los nudillos, y este asertaba.

—La cosa va por buen camino, no hay que forzar la maquinaria en demasía —se repetía acordándose de aquel acertado poema que recitaba para sí—: «al tiempo le pido tiempo, y el tiempo, tiempo me da/también el tiempo me dice, que todo lo arreglará».

En su caso concreto lo que sucedió fue lo opuesto, el tiempo lo estropeó todo empeorando gravemente la situación; aunque si fue para peor o para mejor, nunca lo llegó a saber con exactitud.

A Candela le llegó una carta de Narciso y Rafael, estaban en Marbella integrados en una especie de comunidad de hippies, y les invitaban a que se trasladaran hasta allí. Ellos se apercibieron desde un principio del malestar que Sonia provocaba, y de las posibles implicaciones que podrían derivarse de una mente tan posesiva, por lo que pusieron tierra de por medio buscando su paz, en lugar de entrometerse donde nunca nadie los llamó. Candela, ilusionada dijo que sí, que estaría bien cambiar de aires, pero Marcial se mostró remiso negándose con tozudez, argumentando que allí no se le había perdido nada, además de que realmente esos amigos lo eran de ella y no suyos; y tampoco le parecía apropiada esa manera de vivir, que particularmente a él lo alborotaba soliviantando su espíritu.

—Marcial, si solo serán unos días, les hacemos una visita, vemos aquello, y a la semana siguiente nos volvemos —dijo Candela con la intención de convencerlo.

—¡Qué no!, que yo no voy allí ni de visita ni de nada —respondió autoritario Marcial, que en modo alguno deseaba ver distorsionada la tranquilidad con la que últimamente evolucionaban los acontecimientos, sin reparar en la profundidad de la aspiración de su compañera.

A Candela no le fue sencillo acatar esa negativa, en realidad guardaba un secreto que jamás le confesó: Narciso era su hermano, y desde jovencitos la acompañó y protegió hasta cuando se marcharon de viaje al místico oriente.

A su regreso tres años después, y con el espíritu y la mente transformados en los templos monacales del Tíbet y el Nepal, asentaron en sus almas esas atávicas creencias, dedicándose desde entonces a vivir por libre, y alejados de las comodidades materiales de la civilización occidental, si bien Narciso siempre en la sombra, cuidó de su hermana y de que nada dañino le perjudicara. Marcial la escuchó, para concluir que no eran tan diferentes los trazos con los que estos bohemios y artistas diseñaban sus vidas con respecto al resto de los mortales; no distaban tanto los conceptos básicos de esas mentes elevadas en su nube espiritual, de los que tradicionalmente se repetían generación tras generación en todas las familias.

Valientes vagabundos errantes arropados en su enigmática misantropía, cuando en el fondo no son más que unos trotamundos inadaptados, contestatarios de una realidad que en su momento no les convenció... a esos en su tierra los llamaban *pasotas*. ¿Y así pretendían potenciar sus chacras, que conjurados con el karma les haría fundirse con las fuerzas de la naturaleza en armonía y concordia?

Marcial no entendía mucho de todo eso, solo lo que en algunas ocasiones Candela le contaba, pero recordando sus comentarios se dijo que para eso ya se inventó el taoísmo, ¿no?, y el yin y el yang; o como decían en su pueblo: «que para hacer ese viaje no hacían falta tantas alforjas».

Cuando despertó al mediodía siguiente Candela ya no estaba allí, una nota sobre la mesa del comedor lo puso en antecedentes de su marcha a Marbella para ver a su hermano Narciso. En ella le pedía perdón, un poco de benevolencia, y le deseaba mucha paz. Marcial reflexionó, no debió ironizar con sus creencias por disparatadas que las pudiera considerar, tal vez se sentía ofendida y eso precipitó su marcha. No supo a qué carta quedarse a la vista de su reacción, que de improviso le dejó un vacío en el alma horadando en una herida abierta que nunca llegó a cicatrizar del todo; terminó sentenciando que para sátira en su acepción más cruel, ya estaba la vida misma.

Al finalizar de madrugada su jornada laboral sirviendo copas, Marcial ya no solía presentarse en el bulevar a departir un rato con los colegas. Parecía decepcionado de ese colectivo que antes lo contemplaba casi con admiración, y ahora no pasaba de ser una cómoda alternativa a la sociedad establecida, en la que la escasez de responsabilidades asumidas les permitían bordear la marginalidad, sin renunciar totalmente a los viejos cánones promulgados, que ordenan hasta con normas consuetudinarias la convivencia que nos hemos procurado entre todos. Perdido ese halo etéreo, mezcla de romanticismo y altruismo, ya no le quedaba otra visión distinta que la de considerarlos gente poco competitiva y algo indolente, surgida como un subproducto de la desidia, y de unos cauces no del todo bien enfocados de integración cívica y solidaridad.

Lo lamentaba enormemente, porque en el seno de aquel grupo de camaradas había personas muy válidas, reflexivas y generosas por demás, con unas dotes creativas que impresionaban dentro de sus facetas artísticas. Las emociones y sentimientos que Candela extrajo de él, tuvieron mucho que ver con esta nueva concepción de la realidad, y que ella le brindó a modo de homenaje.

Las últimas informaciones que Marcial recabó acerca del destino de sus tres amigos, fue que estos se trasladaron en tromba a la villa y corte, viéndoseles desplegar sus puestos en el rastro los días festivos, y en los aledaños de la plaza mayor el resto de la semana, introduciendo sus manualidades de cuendas en forma de collares, pulseras, y otros audaces y rompedores adornos entre la población de Madrid; haciendo una mención especial a sus ya afamados rosarios.

CAPÍTULO 5

El abandono de lo conquistado

Marcial no se arrepintió del paso dado al valorar la experiencia de ese tramo de su vida como enriquecedora. Aprendió mucho de lo que ignoraba, y supo adaptarse a unas nuevas circunstancias de las que entresacó lo que creyó más se identificaba con su personalidad. Si tuviese que puntuar lo vivido le daría un notable alto, incluso un sobresaliente. A pesar de ello decidió abandonar aquel lugar en donde adujo haber quemado una etapa intensa e importante, pero remota y sin posibilidad de retornar a ella para repetir el experimento; tenía la certeza de que Candela jamás regresaría ya a esa casa y él, allí solo y sin otra motivación que enalteciera su espíritu, falto de actividades que realizar para sentirse complacido como persona, decidió que era la hora de volver a su ciudad. A su hogar de toda la vida donde incluso podría ver a su amigo Mario y, tal vez, pedirle cuantas explicaciones considerase pertinentes como justificación a la conducta tan cortante que tuvo para con él, indiscriminada e injusta.

Mario era de su misma edad, y aún gozaba de un trabajo que le apasionaba y lo mantenía ocupado todo el día. Era mecánico de coches. Contaba con taller propio y un sinfín de tuercas y palancas manchadas de grasa, con las que ajustaba cualquier ruido que según su sabio parecer no sonara como en una sinfonía, en relación a lo que cabía esperar de la buena puesta a punto de un motor. Sus inquietudes intelectuales no pasaban de ser una falacia, comparada con el rugir de una propulsora máquina de dos mil centímetros cúbicos, pero Marcial sabía que Mario era igual de porfiado que de voluntarioso, y estaba convencido de que al final, su amigo siempre terminaba arrimándole el ascua a su sardina.

Erró como en infinidad de ocasiones pretéritas, porque Mario le echó el cierre a sus desvaríos para todos los restos, su sentido práctico de la vida le hacía alejarse de gentes que como Marcial, empezaba a levitar perdiendo la noción de lo real, dejando de comportarse en consecuencia con lo que somos, fuimos, y con aquello que deseamos seguir siendo, supeditados a la verdad de una existencia de la que formamos parte. Lo demás eran ensoñaciones de locos y de visionarios interfiriendo en nuestro día a día, en el que irremediablemente subsistimos con mejor o peor condición, según le convenga a quien se le otorga el poder de transfigurarla a su conveniencia.

El amigo Mario era un personaje un poco rudo, trabajaba como un animal y gracias a ello vivía muy acomodadamente, disfrutando cuando el escaso tiempo libre del que disponía así se lo permitía. Los compromisos profesionales eran sagrados, y el cumplimiento en los plazos de entrega de sus reparaciones los mantenía aunque le surgieran complicaciones que dilataran su arreglo, y le obligaran a permanecer en el taller hasta horas muy intempestivas. No era muy habitual encontrar un mecánico así, y además no se metía en política ni en cuestiones religiosas, ni en nada que le ocasionara conflictos con los clientes ni con los vecinos del barrio.

Para lo único que sí mantenía los ojos bien abiertos y los sentidos alertas como un lince era para los motores, y para los calendarios de las muchachas desnudas, la mayoría de ellos decorando su obrador por todas partes, incluyendo hasta el espacio reservado a la guarda de llaves de los vehículos confiados a su custodia. En eso no hacía distingos, y como buen operario embutido en su mono azul repleto de lamparones de aceite, la visión de esas esculturales mujeres le daban mucha vidilla a la hora de tumbarse a los bajos de un coche, y arreglar ora la junta de la culata desmontando completamente el motor, ora cambiándole el lubricante de la forma más ágil y precisa.

—Un buen trabajo, una buena hembra, y lo demás son gaitas —decía insistentemente una y otra vez, cuando alguien le quería elevar el tono de la conversación a cuestiones más metafísicas que no iban con su manera de ser.

Y no es que fuese un inculto, solo que su simpleza le inclinaba a comportarse como un hombre primitivo. Sacaba provecho de cualquier situación sin necesidad de embarcarse en sueños imposibles, igual de alejados del suelo como de su cometido profesional, ajeno a la verborrea de los documentados interlocutores que por proponer temas de conversación, hablaban hasta de la mortalidad del gusano de seda... una vez agotada la maravillosa cuestión del complejo lenguaje de las ballenas.

Mario tuvo la osadía de trabajar con sus músculos y sus conocimientos, dejando de lado los aspectos existenciales de la vida, y a tenor de los resultados no se podía quejar esgrimiendo lo fatídico de su destino, sino que más bien saboreaba los encantos terrenales como los mejores que a su alcance tenía, y que en su cercano horizonte siempre los apreció de una manera muy especial. Apartó los asuntos filosóficos de su circunspecta vida desde el inicio, otorgándole el monopolio del pensamiento y de la deontología a su amigo, y si alguna vez precisó de explicaciones sobre temas contemplativos, para eso estaba Marcial; lo suyo era algo más mundano y bastante menos trascendente.

Cuando Marcial llegó a su encuentro Mario se avino a razones. A fin de cuentas para gozar de ratos de esparcimiento y tomar unas copas por ahí siempre fue su amigo y así lo seguirá siendo... ¿por qué no? En tanto en cuanto no le calentase mucho la mollera con disquisiciones ininteligibles, que le ocasionaran quebraderos de cabeza en lugar de paladear una noche agradable. Podía pasar alguna vez y no tendría mayor trascendencia, pero como se pusiera muy solemne lo mismo que ahora lo acompañaba, después lo podría dejar tirado cortando por lo sano, y mandarlo más allá de donde picó el pavo.

—Que algunas clases de hornos no están para muchos bollos —se decía reflexionando acerca de su manera de proceder.

De hecho Mario hacía ya unos meses que había encontrado la horma de su zapato, y con esa sobraba. Una hembra que lo encauzó por el camino de la sensatez metiéndolo en vereda, y logrando que se la envainara a cada exabrupto que su carácter primario de mecánico le hacía escupir por todo el taller, estando ella en las proximidades para frenarlo, si es que escuchaba los comentarios soeces a los que Mario se habituó a lo largo de años de profesión.

Tanto fue así que Marcial lo acabó dejando por imposible renegando de amigo y novia, como quien, estimulado por una herencia millonaria en calidad de beneficiario único, despotrica de sus familiares a quienes no volverá a mirar a la cara para no sentir compasión y, tratando de apiadarse de estos les reparte avaramente una minúscula parte, la que ya consideraba legítimamente integrada en su exclusivo patrimonio personal. Es una reacción mezquina pero muy propia del género humano aunque Marcial no detentase esos defectos. Sus añoranzas y una personalidad un tanto melancólica —producto de un ser sensible como todo librepensador lo es aunque se las dé de autárquico—, añadido a unos rasgos huraños propios de un cascarrabias que los años se habían encargado de potenciar, hicieron que se quedase ojiplático al ver a su amigo sucumbir ante una mujer y no ante un concepto, una creencia o un ideal; lo cual tenía su lógica, al hacerse cargo que Mario de todo eso no alcanzaba a descifrar, ni el significado etimológico de la mayoría de los términos.

—Pero Mario, ¿cómo pudiste *encoñarte* así? —le preguntó con ademán solícito del que intrínsecamente se desprendía su generoso perdón, con independencia de cuál fuera la respuesta…

—Ya sabes amigo, a los hombres hay dos cosas que nos encantan… y la segunda es comer.

Marcial no aceptó el argumento.

Opinaba que el hombre es más desprendido, y generalmente cuando tiene un amigo lo sigue catalogando igual con el transcurso del tiempo, tanto si es el presidente del gobierno como si vive debajo de un puente. Por el contrario la mujer es más interesada en ese sentido, y mira por ella algo más que el varón, dejándose deslumbrar con menor dificultad ante la opulencia, la apariencia y la riqueza, independientemente de que quien la ostente sea alguien apreciado por ella, o un advenedizo que irrumpiera en su vida derrochando ternura y dinero a partes iguales. Es lo que pensaba tratando de ponerse en el pellejo de su amigo, con la conflictividad que eso encerraba en el mantenimiento de sus principios.

Se rebotó de mala manera; Mario no era un dechado de virtudes pero tampoco un calzonazos que fuera besando por donde la otra pisara, y si todavía estuvieran en la edad del pavo tampoco lo entendería, pero se podría esforzar en comprenderlo. Ahora bien, a estas alturas de la vida… ¡que ya peinaba canas, caramba!

Creyó no tener otra opción en la práctica que retirarle el saludo, en justa correspondencia con la carta que recibió de él después de confesarle epistolarmente sus pensamientos más sinceros, y las inquietudes que se le ocurrieron acerca de la actualidad que a diario se exponía como lo más natural del mundo, y que nunca pudo asimilarla bajo esas premisas. O el mundo se había vuelto del revés, o él estaba equivocando la perspectiva; no contemplaba otra posibilidad distinta, y menos el que esa mujer le hubiera sorbido el seso a Mario, domesticándolo igual que a un perrito faldero incapaz de valerse sin su ama.

No se llegó a enfadar con él, tampoco hubo una discusión que propiciase el distanciamiento definitivo. Tan solo ocurrió que este se produjo en virtud de los hechos consumados, hasta que el contacto se perdió sin más. Marcial se aisló en su casa, la economía estaba bajo control, y las duras estrecheces pasaron a segundo plano; ahora el verdadero problema había saltado de su bolsillo a su corazón, y el recuerdo nostálgico de Candela torturaba sus sueños, al no poder mirarla directamente a los ojos como lo haría si la tuviera delante.

No admitió que pese a todo se había enamorado de ella, aunque una voz inaudible le indicaba que algo de eso había. Él nunca amó a ninguna mujer. Tan solo en una ocasión tuvo una novia formal por espacio de más de un año, pero su falta de convicción en desear unirse para siempre a ella junto con la torticera actitud de su madre —una auténtica metomentodo de irritable carácter e insufribles gestos ante los acontecimientos más nimios de la vida—, consiguieron hacer el resto para que la boda no se celebrara. Marcial se concentró mucho en la suegra, y cuando de reojo observaba a su novia, cada vez se cercioraba más de que pasados veinte o treinta años, la hija sería la viva imagen que la madre proyectaba en aquellos momentos y ¿para qué dar lugar a que la previsión se cumpliera? Comprendió que dando ese trascendental paso, al final, el tiro le acabaría saliendo por la culata. Fue por ello por lo que desistió de esa idea, y prosiguió con su vida tras romper con ella como si nada hubiera pasado. La verdad es que actuó de una manera objetiva y muy racional, tanto que madre e hija lo destronaron rápidamente de su posición para dedicarse a la búsqueda de un pretendiente alternativo, que supliese las carencias que ese buen muchacho puso de manifiesto a la hora de decidirse.

Fue entonces cuando su amistad con Mario se hizo más intensa, consolidándose en el objetivo que esas dos almas libres se impusieron como método para aprovechar la vida, y beneficiarse de lo que en ella existía para deleite de todos los que se arriesgaran a probarla. Poco aprendieron ambos a resultas de las consecuencias ya conocidas, habida cuenta de donde cada uno de ellos fue a parar con el paso de los años. El primero, dócil y embelesado por un cañón que le disparó al centro de la diana; y el segundo, proscrito y dejado de la mano de Dios al albur de sus sentimientos que lo soterraban confinado en su propia prisión, de cuyas cadenas era tan fácil liberarse como sufrir esclavizado entre sus imaginarios grilletes.

A Marcial no se le ocurrió mayor desatino que apuntarse a una agrupación vecinal, en la que el *leit motiv* consistía principalmente en poner de manifiesto las habilidades y manualidades de los miembros que la componían. Debió ser la necesidad de relacionarse, o las reminiscencias de sus anteriores colaboraciones ayudando a Candela con el efímero éxito de sus bolas de cuendas, porque ni él sabía confeccionar monumentos en maquetas de madera ni tocaba instrumento musical alguno, y mucho menos tenía la más mínima noción de hacer encaje de bolillos. Es más, tampoco manifestaba ningún interés en aprender nada de eso, hasta el punto que desengañado y aburrido abandonó en tiempo record toda pretensión de introducirse en profundidad en aquel ambiente, saludable y entretenido para muchos, pero lejano en su voluntad de integrarse en algún proyecto útil y productivo.

Necesitaba cambiar de aires como el comer, le urgía marcarse un objetivo que le motivara a levantarse por las mañanas, y ponerse a la tarea para luchar por él, en lugar de dejar pasar los días cual si fueran dunas de arena avanzando por el desierto, para terminar planteándose cualquier cometido *ad calendas graecas*, esas que por no existir nunca llegarán, justificando mientras tanto su parsimoniosa inactividad. Analizando la situación se convenció que de persistir en esa conducta era un hombre acabado, y eso en una persona que se encontraba en la flor de la vida era lo más triste y nefasto para su presente, y también para el futuro inmediato como ser humano y componente de un colectivo, que por definición estaba llamado a conquistar mayores cotas de evolución y progreso. Se sintió dejarse languidecer en vida, y si se obstinaba en permanecer esperando que algo sustantivo le pasara, mientras esto se producía lo único que realmente pasaba era su vida, y nada más.

Persuadido de que la mejor defensa es un ataque encargó un billete de tren con destino a Madrid, obligado psicológicamente a volver a ver a Candela, y precisado en confrontar con ella por última vez, las posibilidades existentes de que lo suyo tuviera una continuidad en el futuro, sustentándose en bases razonadas que hicieran posible mantener una relación, sin los renuncios que ella acostumbraba a llevar a cabo de improviso.

Se dijo o sí o no, o dentro o fuera. Tenía que aclarar los sentimientos de ambos y, caso de que existieran y fueran recíprocos, analizar su viabilidad para plasmarlos en una convivencia más o menos sólida pero querida; si bien ya anticipaba que de obtener una respuesta afirmativa, seguro que estaría condicionada a no asumir complicaciones ni obligaciones. Hasta ahí estaba dispuesto a transigir, y simultáneamente criticaba sin recato a su amigo Mario… ¡qué poca coherencia gastamos cuando es a nosotros a quien nos toca la fibra sentimental! Y es que se recriminaba en silencio que todo amor tiene un porqué, y en todo porqué de un hombre subyace el amor de una mujer aunque este no se mencione. Resumió con simpleza anquilosado en su pensamiento, mientras se incorporaba al vagón del tren camino de la capital de España. Lo peor que le podía ocurrir era enquistarse en su propia soledad, y permanecer enroscado en un bucle que en nada le enorgullecía como persona. Si era cierto el dicho, proclamando que el éxito tiene muchos padres y el fracaso es huérfano, claramente Marcial se sentía un hombre frustrado, y sobre eso era preciso actuar poniéndole remedio, aun a riesgo de equivocarse en su consecución.

El tren se detuvo en la madrileña estación de Atocha, y poco después el corazón de Marcial saltaba ya en pleno centro de la Plaza Mayor, cuando rebosante de transeúntes y turistas, atinó a ver bajo los soportales medio ocultos por los trípodes de los pintores unos estantes de artesanía típica, y junto a ellos a Narciso y Candela. Ella andaba con el pelo recogido en un pañuelo anudado por detrás, al estilo más tradicional de una bandolera de sierra morena, o más propio todavía al modo de una cíngara centroeuropea, a la que únicamente le faltaba echar las cartas o leer en las rayas de la mano. Advirtió que había sufrido una profunda transformación a peor según su parecer, los colores chillones de sus ropas lo atestiguaban; pero aun así eso no lo retuvo, y acudió raudo a su encuentro.

Al verlo Candela acercarse, los gritos de alegría atronaron bajo las columnas del pórtico, y los histriónicos movimientos de incontrolada euforia no cesaron, hasta que llegando a su altura se abrazó fuertemente a su cuello, del que ya no se separó más que para acariciarlo y besarlo con pasión. Esas muestras de cariño tan evidentes, hicieron que Marcial se olvidase de todo dando por válido el periplo recorrido, y admitiendo que si bien anímicamente ella sería la misma persona de siempre, físicamente había mejorado de manera notable. Ahora la veía más repuesta, con curvas y formas bien redondeadas que contrastó en sus abrazos, además de adivinarle una aureola pseudomisteriosa, no exenta de curiosidad e incluso de morbo.

Candela dejó a Narciso a cargo de los dos puestos, y saltando a lomos de su hombre ambos se alejaron camino de la calle arenal, junto a la puerta del sol. Allí vivían los dos hermanos, en la habitación de una pensión en un primer piso sin ascensor, muy amplia para lo que se estilaba por la zona pero con poca luz natural. Su amigo Rafael los abandonó marchándose otra vez a Marbella, en esta ocasión a Puerto Banús, donde la afluencia de gente adinerada y caprichosa le haría contemplar la vida más de color de rosa, una vez consiguiera transferir algunos puñados de euros de los bolsillos de los turistas a los suyos.

Candela y Marcial se miraron, corrieron y pasearon por el centro de la ciudad, se amaron, e inclusive llegaron a prometerse amor eterno. Ni una pizca de rencor ni una palabra de reproche salió de los labios de ninguno, ocupados en propinarse tantos besos como les fue posible darse por parte de ambos. Un reguero de entusiasmo inundó sus espíritus, compartido con el cariño que fue dejando un sustrato entre los poros de su piel, por donde afloraron los sentimientos en forma de sudor, y recibiendo a cambio grandes dosis de caricias, que penetraban hacia lo más hondo de sus abotargados cuerpos.

Dos días duraron los agasajos, para en el tercero someter a examen esa nueva fase de sus vidas, y decidir lo más conveniente en aras a afrontar en común el futuro inmediato.

Candela admitió la inevitable separación de su hermano Narciso, aceptando volver a alquilar aquella casa que fue suya durante un tiempo, no sin antes hacerle prometer a Marcial, que primero irían a Puerto Banús a descansar unos días donde Rafael, con el objeto de no perder totalmente el trato entre ellos. Narciso se apuntó a ese viaje, manifestando que si se quedaba solo en Madrid, allí ya no pintaba nada, y para eso prefería irse con su colega a probar fortuna por las tierras limítrofes del sur.

Así emprendieron los tres el viaje, hasta que el accidentado trayecto con destino a Marbella tocó a su fin con el reventón de una rueda del autobús a la altura de Despeñaperros, donde desgraciadamente fueron ellos los despeñados. La tragedia se cernió sobre el pasaje, y en lo más profundo del corazón de Candela cuando le informaron de la desdichada muerte de su hermano, una vez que ella quedó fuera de peligro tras la operación a la que fue sometida, y ya trasladada desde la unidad de cuidados intensivos, a una habitación en planta del hospital al que llevaron a los socorridos. Tres fallecidos más dieron fe del terrible accidente al volcar el autobús por un terraplén de unos cincuenta metros, y casi una docena de heridos de diversa consideración tuvieron que ser auxiliados por las ambulancias, de un total de treinta y ocho ocupantes.

Milagrosamente Marcial salió ileso del nefasto percance, con su peso casi aplastó a Candela que, con cinco costillas rotas y un traumatismo craneoencefálico, se convirtió en contra de su voluntad en una inesperada huésped del centro sanitario, en el que tuvo que permanecer por un tiempo prolongado. El sentir de ella en un primer momento fue el haber contemplado a la muerte de cerca, lo que unido a la fatal pérdida de su hermano Narciso la obligó a reflexionar en profundidad. Una vez restañadas las heridas físicas le fue dada el alta médica, con la recomendación de guardar reposo durante una o dos semanas más, dependiendo de cómo evolucionase; por lo que abortaron la idea de desplazarse a Puerto Banús para ir al encuentro de Rafael. Una carta explicativa desde el hospital relatándole los hechos lo clarificó todo, y por fin pudieron regresar a lo que antaño había constituido su hogar, en el poblado bohemio junto a su bulevar favorito.

Una vez allí contactaron con la propietaria de la vivienda, que se la volvió a alquilar aunque a un mayor coste.

—Daños y perjuicios —justificaban la subida del arriendo—. Uno no puede irse y volver después así como así, dejando a la dueña empantanada con una casa de difícil salida en el mercado inmobiliario, y encima sin avisar con la antelación suficiente para que ella pudiera hacer sus previsiones a medio plazo, pues vivía de los alquileres de tres casas que le dejó su marido.

No le agradó el retorno de la pareja, pero como Marcial siempre pagó con puntualidad cedió, no sin antes poner alguna pega, y vengarse con la subida del precio por el proceder de este.

Maruja, que así se llamaba la casera, era una mujer entrada en años y en carnes, que vivía justo encima de ellos, en el primer piso al que se accedía por la escalera del portal de al lado. Se consideraba una mujer de carácter, forjada en el continuo batalleo del día a día, a raíz de enviudar apenas cumplidos los cuarenta. Resaltaba por su aspecto *fuertote*, con pechos generosos y anchas caderas que no se correspondían del todo con su cuello, mucho más delgado en proporción, y una prominente testuz que sugería lo tozuda que debía ser. Dos voluminosas nalgas respingonas y piernas gruesas y apretadas, le acababan confiriendo una figura parecida a la de una vendedora de frutas, o a la de una solemne ama de llaves, cuando se arreglaba adecuadamente para salir a la calle recogiéndose el pelo en un moño. Tenía mayor envergadura que Marcial, y no digamos de Candela que a su lado parecía su hija, era en definitiva una mujer de armas tomar en toda regla, que se diría coloquialmente.

Se reencontraron con la casa sucia y polvorienta, el descuidado patio perdió su vida durante ese periodo de metamorfosis de Marcial, y el pequeño huerto estaba hecho un asco, recordándole la primera vez que lo vio cuando llegó a instalarse allí. Empezaría de nuevo a limpiar y a ordenarlo todo, una mano de pintura y un poco de restauración en el mural del comedor tampoco vendría mal, eso a él no le importaba mucho, pero Candela debía descansar y no hacer esfuerzos hasta que se recuperara definitivamente, ya que una recaída entrañaría riesgo para su salud.

Marcial retomó su trabajo de camarero por horas, avisando a doña Maruja por sí disponía de tiempo libre, que bajara a cuidar un rato a Candela en previsión de que necesitara algo durante su ausencia; él regresaría sobre la una de la madrugada, y le quedaría enormemente agradecido si ella ejerciera esa labor humanitaria, dado el precario estado físico en el que su compañera se encontraba.

La señora Maruja no puso ningún impedimento, y bajó a acompañar a su inquilina antes de que Marcial se marchase. Cuatro horas dieron para mucho. Candela se fue sincerando, recostada en la cama sobre cojines relatando su pasado a aquella jaquetona mujer que, una vez conoció su vida amorosa e inclinaciones sexuales, modificó la pose de buena samaritana por la de audaz instigadora del sentir de su acompañada, para comenzar primero con ternura y luego con auténtica devoción, a explorar de su cuerpo los más recónditos pliegues cavernosos que protegían los placenteros orificios susceptibles de ir ahondando en ellos, y despertarlos de su dilatado letargo. A las primeras de cambio Candela no quiso probar esa experiencia, pero la inmovilidad y su dejarse hacer, consiguieron que Maruja materializara con sus desenfrenados instintos todo un cóctel de deseos y lascivia, que terminó con las dos mujeres agotadas, abrazadas y dormidas sobre el tálamo.

Así se las encontró Marcial a su regreso de madrugada, y gritando las despertó para separarlas del profundo abrazo con el que aún mantenían enlazados sus cuerpos. La promiscuidad de Candela lo escandalizaba, pero las explicaciones se las pidió a la casera, mientras esta se vestía ni avergonzada ni sofocada; salió de la casa subiendo las escaleras de su portal, en tanto que un enojado Marcial la seguía atosigando con sus recriminaciones.

—¿Pero cómo pudo usted hacer algo así? ¿Acaso está loca o qué le pasa? —clamaba a la altura del recibidor de la vivienda andando tras la mujerona, cuya cara expresaba más satisfacción que desdén.

Cuando el demonio acecha para entrar ir en su busca es correr un peligro cierto, y exactamente eso es lo que estaba haciendo Marcial llegando hasta allí. Cayó en la cuenta cuando la casera se giró sobre sí misma, y con voz amenazante le espetó:

—¿Que qué me pasa? Mira buen hombre, yo a ti te doy dos restregones y te dejo como nuevo… ¿has comprendido? —dijo mientras le abofeteaba las mejillas repetidamente con un aire insinuante y a la vez provocador, que no dejaba lugar a dudas de a qué se estaba refiriendo.

Sorprendentemente, ese proceder anacrónico por parte de una mujer tan temperamental despertó una malsana impudicia en Marcial, notando en el acto un agradable cosquilleo en su interior, y un emergente estado de apetencia por aquellas carnes, cuya manifestación más palpable no pudo disimular dentro de sus pantalones.

No supo o no quiso evitarlo porque, con una incontinencia desmedida, se abalanzó sobre la receptiva mujer a la que manoseó hasta la saciedad mientras le daba la vuelta. Apoyándola contra la mesa del comedor le subió la falda penetrándola en cuanto le desplazó a un lateral su ropa íntima, totalmente preso de la excitación inducida a la que fue tentado. Doña Maruja bramaba de gusto como una energúmena, y Marcial se satisfizo ampliamente al acreditarle aquella hembra el placer recibido, mediante un par de eyaculaciones equiparables en acuosidad a la suya, que dejaron a su miembro completamente bañado en ambrosía.

¿Quién sabe lo que se cuece en el interior de una vivienda, si la chimenea no expulsa los olores que permitan identificarlo?

Marcial regresó a casa junto a Candela y observó cómo esta dormía otra vez profundamente. Prefirió dejarlo estar y guardar silencio de momento, a expensas de lo que el siguiente día deparase como mejor solución para que todo volviera a situarse en su lugar, y las impresiones obtenidas a lo largo de esa noche fueran ponderadas en sus justos términos.

Paradójicamente y a resultas de esa experiencia, Marcial no se separaba de Candela más que para acudir a su trabajo, y ella hacía lo mismo con él, incluso pasando de vez en cuando por el bar, donde sentándose en la terraza con un té o un poleo, daba lugar a que el reloj marcara la hora de salida de su hombre. Tuvo que ser amor o celos, o una dependencia exagerada, la que los obligaba a no alejarse el uno del otro más allá de lo estrictamente necesario; ahora sí habían sintonizado bien el diapasón, que se movía al mismo compás y con idéntico ritmo para ambos. La constatación de unos hechos no premeditados consolidó su unión, logrando sacar a la luz los sentimientos que no expresaban, y que terminaron descifrándolos como en un acertijo, apreciados cada vez con mayor intensidad por ambos.

Las secuelas físicas del accidente de Candela desaparecieron, al igual que el luto por la muerte de su hermano Narciso; todo volvía a ser casi como antes fue, a pesar de que los dos se encontraban incómodos en aquella casa, forzados por la situación y por sus propios remordimientos.

Marcial transgredió los más elementales deberes de la fidelidad un par de veces más, y Candela más evadida de prejuicios, y menos apegada a las costumbres mundanas lo hizo en innumerables ocasiones. En realidad la máxima beneficiaria de tan escabroso asunto fue doña Maruja, la casera, que a pelo y a lana se desquitó sobradamente de la falta de actividades sexuales periódicas, desde que aconteció el fallecimiento de su difunto esposo. Ella fue la adjudicataria de los escarceos amorosos de sus dos alquilados, llevando cuidado de que ninguno sospechara el mantenimiento de relaciones con el otro; si bien hubo algún día que, por separado, las sostuvo con los dos.

Parecía encantada de la vida. Adecentó su fisonomía cuidándose como no lo había hecho antes, vistiendo ropas más dignas y modernas, preservando su cutis con cremas y pinturas, o arreglando su pelo lacio, en un cambio de imagen radical para lo que de ella era esperable.

La complicidad de esa mujer con la pareja de vecinos subió de tono descaradamente, llegando a alcanzar la categoría de obsesión enfermiza mucho antes de lo previsible, a la vista de cómo se desarrollaron los acontecimientos. La señora Maruja visitaba con denuedo la casa de Marcial, utilizando las excusas más peregrinas que en ese momento se le ocurrían, hasta que creyendo llegada la ocasión, una tarde que al llamar a la puerta salió enjabonado todavía de la bañera con un albornoz por encima, lo condujo sin contemplaciones hasta la cama, para una vez instalada sobre el atónito inquilino, hacerle perder el resuello hasta casi ahogarlo, rodeándolo con sus apretadas y generosas carnes. Fue un acto con tintes sádicos en el que literalmente se lo comía, mientras un pasivo Marcial resoplaba por el empacho de tan voluptuosas sacudidas. No transcurrió media hora cuando Candela hizo acto de presencia y, al ver el espectáculo de la habitación, se desnudó incorporándose a ellos en el lecho sin pronunciar una sola palabra.

Marcial no daba crédito y se debatía entre la veracidad de lo que estaba experimentando, o la sugerencia de si todo provenía de un sueño fantástico producto exclusivamente de su enardecida imaginación, mucho más estimulada que de costumbre. Asumió la realidad de las escenas en las que participaba junto a las dos mujeres, al intentar taponar con su mano la expulsión de esperma por miedo a manchar su ropa interior, cuando en la práctica lo que apartó de su sexo fue la boca de doña Maruja, que en un arrebato pasional ya lo estaba poniendo a buen recaudo, tragándose el preciado néctar fruto de la persistente erección a la que fue alentado. El final se hizo desagradable por demás, quedándose de mero espectador una vez agotadas sus reservas, y viendo disfrutar a ambas mujeres con prácticas poco ortodoxas, para los parámetros que su cerebro utilizaba comúnmente en enjuiciar ese tipo de perversos juegos, de muy difícil asunción por su parte.

Despachó con cajas destempladas a la casera, y le confesó a Candela todo lo sucedido desde que regresaron a esa casa, y comenzaron a relacionarse con ella. Para él la situación se hizo insostenible, no quedándole otra alternativa que tomar una determinación y cortar de raíz tamaño disparate, que de no enmendarlo a tiempo terminaría lamentablemente como el rosario de la aurora. La posición de inferioridad a la que ellos estaban expuestos con respecto a la propietaria de la casa, también influyó decisivamente en su postura, por lo que debía cercenar de golpe tan temeraria aventura amorosa, y replantearse cuantos fundamentos mantuvo siempre a gala, sustentados por el orden y el decoro como premisas básicas a abanderar en las normas de convivencia. No se repetiría algo así en el futuro, y él hará de supervisor en el cumplimiento de esa regla tan elemental como indispensable.

El excesivo erotismo que se respiraba en la vivienda desvirtuó la esencia de la misma. Había perdido esa halo de recogimiento e intimidad, en beneficio de un sentimiento de culpa según invitaba a la reflexión, que indefectiblemente concluía con el agotamiento mental de un Marcial incapaz de imponer su personalidad, ni de recuperar las riendas que embridaran sus vidas. Entretanto desde las ventanas del piso de arriba, la señora Maruja con expresión de triunfo, preguntándose a semejanza de lo que sus padres le planteaban cuando todavía era una niña:

—¿Y tú a quién quieres más, a papá o a mamá?

CAPÍTULO 6

La transición de Marcial

Marcial huyó a toda prisa de aquel recinto, no obstante cuando trató de convencer a Candela de que lo mejor para ambos era marcharse de allí, ella se negó en redondo afirmándose en su voluntad de permanecer donde estaba. Y en el supuesto de que él la abandonara se lo haría saber a Rafael para que regresara a su lado, y brindarle la compañía que en los viejos tiempos se hicieron mutuamente.

Esa fue la gota que colmó el vaso de la paciencia, y una vez hecha la maleta con sus pertenencias, Marcial deslizó por debajo del portal de la vecina un sobre con el dinero correspondiente al alquiler del mes en curso, y una nota en la que se despedía de ella agradeciéndole todas las atenciones y servicios prestados. Sarcástico lo fue, y por eso no quiso llamar a la puerta para no tener que enfrentarse cara a cara con doña Maruja, pareciéndole más prudente hacer mutis por el foro de una manera discreta, y sin dar opciones a que alguna teórica discusión trascendiera hasta los oídos de Candela; todavía la respetaba, y su cariño por ella siempre estuvo al margen de lo sucedido.

Tras un corto periplo por tierras castellanas acabó recalando en Murcia, un buen sitio para apartarse y recomponer su estima, nada se le había perdido allí, pero recordando aquella frase lapidaria de «mata al rey y vete a Murcia», pensó que podría ser una buena alternativa para continuar con su procelosa existencia, ya algo más calmada que antaño.

Se apeó en la estación de autobuses de San Andrés, barrio tradicional y céntrico de la ciudad, venido a menos por encontrarse copado de comercios de inmigrantes, tanto de ciudadanos árabes del Magreb como de turcos y chinos. Caminando con su maleta hacia el centro histórico de la capital del Segura, reparó en una travesía humilde y algo sombría junto a la calle del Pilar, eso era más o menos lo que andaba buscando intentando emular los desangelados escenarios de donde venía. La calle de Sagasta tenía por nombre, angosta y pequeña, que servía de paso obligado en el trasiego de ciudadanos desde el barrio de Santa Teresa al de San Antolín y viceversa, y cuya prolongación llegaba hasta el plano de San Francisco al sur, y al barrio de San Antón al norte.

Consiguió un segundo piso sin ascensor, algo húmedo y oscuro, pero lo asequible de su precio y la cercanía con todo lo que en aquella ciudad había de interesante jugaron a su favor para decidirse por su arriendo; lo primordial era instalarse en algún lugar, que la maleta pesaba lo suyo, y esto a Dios gracias ya pudo hacerlo sin mayores contratiempos de acuerdo con el cartel anunciador.

Dedicó un mes a patear la ciudad, recorriendo los barrios de San Pedro y San Nicolás para salir a la Gran Vía, verdadera arteria troncal que dividía de norte a sur la ciudad con permiso del rio Segura, afilado cuchillo líquido que de este a oeste la partía en toda su extensión, dejando a la bajada del puente de los peligros el barrio del Carmen, la estación de trenes y las pedanías situadas a la falda del santuario de la Fuensanta. Una venerada patrona que dos veces al año era transportada en romería hasta la catedral por un breve periodo de tiempo, para reintegrarla al cuidado de sus monjes en plena sierra murciana, auténtico pulmón de toda la comarca, repleto de pinos y áreas de descanso y esparcimiento para los dominicales excursionistas que agrupados por familias, acudían a pasar los deliciosos días de sol tan abundantes en esas latitudes, que de tanto prodigarse se les acaba restando la importancia que poseen.

A este lado de la ciudad junto al río Segura, explanadas y jardines lo bordean a lo largo de su recorrido urbano, donde un remodelado Paseo del malecón se erige como terapia para jubilados, que faltos de otras ocupaciones y precisados en mantenerse en forma lo recorren con dinamismo, prolongando la llegada del momento en que sus piernas comiencen a fallar, y acaben en el ocaso de sus días dando finalmente con sus huesos en el cementerio de nuestro padre Jesús. Por ello es recorrido a pie, a paso ligero, o corriendo hasta la estatua que marca su final, distante más de dos kilómetros desde su inicio en el plano de San Francisco;

dependiendo de la forma física, y de las edades de los que se congregan caminando en una u otra dirección.

Para colmo Marcial se percató, que al principio del citado paseo una colonia de *hippies* se apostaba a ambos lados con sus puestos de artesanía, vendiendo colgantes y todo tipo de abalorios a modo y semejanza del bulevar de Candela. Estos aparentaban ser más discretos y ordenados, tanto en número como en el surtido de géneros con los que comerciar, pero el espíritu paralelo al ya conocido por él se mantenía intacto en sus caras y en sus gestos, y pensó por extensión que también lo anidaban dentro de sus corazones.

Sí le sorprendió y mucho, ver un pequeñísimo escenario en el que recrear por medio de polichinelas la actualidad en clave satírica. Los guiñoles se esmeraban en reproducir algo parecido a un periódico animado para la sorna general de los viandantes, a los que en mitad de la representación pseudoteatral se les pedían unas monedas, con un sombrero puesto boca arriba sobre la mano extendida, al que hacían circular entre los regocijados espectadores. Esto le recordó enormemente a su infancia en el pueblo donde, con un gran cartón pintado simulando un escenario de marionetas más ancho y alto que él mismo, protagonizó tardes de gloria entre sus pequeños amigos, que reían a carcajadas al ver a los personajes pegarse porrazos entre ellos. Claro que los niños de su colegio no disponían de esas monedas con las que sufragar el ingenio de Marcial, pero una colaboradora amiga suya se encargó de tarifar la asistencia a la función, y mal que bien la simbólica colecta terminó convirtiéndose después de la salida del colegio, en un lucrativo negocio tarde sí y tarde también, al ser requeridas las madres de sus compañeros para que distraídamente, descolgaran en sus bolsillos algunas perras que aportar a la recaudación.

Desempolvadas de su memoria esas anécdotas infantiles, aprovechó para sacudirse la cabeza y apartar de ella los recuerdos, y centrarse en la realidad presente. Se interesó tremendamente por esos bohemios, acudiendo de una forma sistemática a su encuentro durante tardes y noches, tratando de indagar en el trasfondo de sus vidas, al igual que si también le fuese posible lo haría en el interior de sus almas. Esa desarraigada gente siempre le cayó bien al primer golpe de vista, y no iba a desperdiciar ahora la oportunidad de conocerlos más concienzudamente.

Pronto observó al regresar a su domicilio en esas primeras salidas nocturnas, que en las explanadas y junto a la carretera, se arremolinaban grupos de mujeres ejerciendo la prostitución en un separado de ellas, travestis y algún transexual también intentaban ganarse la vida como buenamente podían, por lo que estimó que no era muy aconsejable frecuentar esas zonas en concreto, aunque los coches de la policía local las patrullaban con relativa frecuencia. Prefirió salir desde el frontal del malecón dando un rodeo por el lado de la Gran Vía, y acceder en su caso dependiendo la hora que fuera por el mismo lado, no vaya a ser que cualquier circunstancial incidente le complicara la vida de manera gratuita solo por el hecho de transitar por ahí, en el preciso instante en que un revuelo malintencionado lo absorbiera dentro de su perímetro.

Para ser un mercadillo tan minúsculo le pareció inusual la gran variedad de actividades que desarrollaban, por ejemplo las sesiones de polichinelas, esa tradición olvidada con los años y reencontrada casual e incomprensiblemente allí. Concluyó que todo dependía del enjambre de artistas que se congregaran en un determinado lugar, mostrando sus cualidades y alabando sus virtudes, más que de los espacios e infraestructuras de los que estos gozaran. Pero si algo había que Marcial precisaba era estabilidad emocional, y esa no la encontraría bajo ningún tenderete gerenciado por los transgresores artistas, o al menos eso le susurraban al oído sus sentimientos y su intuición.

La cruda realidad es que Marcial se hundió en su propia miseria, luchaba entre su corazón y la conciencia teniendo a Candela como referencia sentimental, y a su dignidad machacándolo por dentro, que clamaba en medio de su alma por seguir manteniendo una identidad semiperdida, y lo que de él quedaba de recuelo en el poso de un tazón, que habiendo sido bebido como el mejor de los cafés, no aspiraba a otro final que al de ser enviado al fregador para su eliminación.

Marcial recordó el *affaire* que tuvo con una compañera de trabajo, estuvieron dos años regalándose atenciones mutuas como dos tortolitos, hasta que el exceso de roce borró el cariño por el excesivo número de horas que forzosamente compartían en aquel delimitado espacio, donde la magia se convirtió en víctima de la presión ante la falta de independencia y creatividad que la obligada rutina impuso. Aunque ella bebía por sus vientos, la escasa experiencia y el adolecer de un interés real del que ahora se lamentaba al pensarlo acabó con ese plausible proyecto en común. Aquel que pudo haber significado la piedra de toque, que relanzase su espíritu oscurantista hacia una centelleante luz transformándole la vida completamente, hasta llegar a ser hoy irreconocible incluso para él mismo. Este fue un paso no dado y consiguientemente perdido, que después de tanto tiempo transcurrido asaltó a su memoria como una oportunidad desaprovechada, a la que no supo hacer frente en su momento. Y es que en aquella etapa de su vida, las salidas de marcha los fines de semana con su amigo Mario colmaban sus necesidades, no planteándose el mirar un poco más allá y ampliar el horizonte, para cuando las cosas no le vinieran igual de bien dadas.

En los *hippies* de la entrada al Malecón encontró una frialdad exagerada, que al principio tuvo mucho que ver con el intrusismo. Le costó convencer individualmente a algunos de ellos de que no se inmiscuía en sus vidas por egoísmo o provecho personal, sino que la irresistible soledad le podía aislado dentro de su piso, y el compartir algo de camaradería fuera de él —junto con cuatro ideas básicas de soporte de vida con unos pocos seres entre los que involucrarse, dividiendo decepciones y colaborando en ilusiones y proyectos—, le era de vital necesidad para que el ritmo de su vida no se detuviera, y que el reloj que señalaba las horas consumidas fuese igual de polivalente marcando el camino por el que continuar, dándole cuerda a diario para prolongar su enaltecedora función.

Paulatinamente y con esfuerzo fue logrando la confianza de alguno. Uno a uno y poco a poco los artistas se fueron familiarizando con alguien que nada les pedía, y mucho les ofertaba en el plano emocional y personal. Después de cierto tiempo, Marcial acabó siendo considerado como un comodín dentro de aquel acantonamiento de seres neutros, inestables e insulsos, que no exteriorizaban sus sentimientos ni transigían con nada que les atufara a tradicional, antiguo o retrógrado. Ellos sí que no pedían nada a nadie, y por ello tampoco daban ni siquiera su amistad, solo un trato entre afable y distante que a ninguno satisfacía por lo superficial de su consistencia.

Un filón imprevisto encontró para introducirse en sus vidas, como la sed se ensaña en nuestra boca cuando vamos camino a la deshidratación. Dentro del piso Marcial se ahogaba en sus nostalgias, y el benigno clima de Murcia le dio pie al aducir que ocho de los doce meses del año se podían vivir en plena calle, en jardines y parques de la ciudad en los que solo era preciso protegerse por las noches, cuando al caer el relente obligaba a cobijarse bajo techado, y eso era bastante para sortear el frío y no caer enfermo por rudimentario que fuera. En la planicie contigua al Malecón de los *hippies* reparó en los árboles plantados a cada costado y —¡Eureka!—, salvando el lado derecho que al anochecer lo frecuentaban las prostitutas y sus clientes, vio en el opuesto un gran árbol de grueso y recio tronco, donde a la altura de su bifurcación en ramas no menos firmes, pensó que podía instalar unos tablones horizontales a modo de suelo, y en el que una vez asentados cabría la posibilidad de pisarlo, y hasta de recogerse y descansar sobre él. Y todo ello siempre al aire libre y cerca de sus nuevos amigos. No sería una copia mimética de la cabaña de Tarzán en la selva, pero sí algo válido para quien no aspiraba más que a seguir contemplando el mundo circundante desde otros puntos de vista, y a mantener una relación directa aunque superficial y algo imprecisa con el resto de la gente, si es que deseaban compartir gratuitamente unas horas de convivencia, y dos oídos escuchando lo que quisieran confesarle, como alivio espiritual que redunde en la serenidad de todos.

La idea le pareció talentosa, y teniendo en cuenta que lo público es de todos, nada le forzaría a estar ahí ni tampoco a marcharse. Sería un decorado más del paisaje dentro del entorno general de los jardines ya existentes. Si los mendigos dormían en los bancos de madera de abajo, ¿por qué él no iba a poder hacerlo arriba en pleno verano, existiendo las condiciones necesarias para ello? Y además con mucha mayor comodidad que los pobres indigentes gracias a su fabuloso ingenio. Ellos, tras emborracharse por vicio, enfermedad, o simplemente pena, lo hacían circunstancialmente y con mayores molestias de las que él se acondicionaría en su árbol de la concordia, que así lo bautizó una vez perfeccionada la idea.

Poco había que discutir ante algo tan simple, si bien mucho habrá que discurrir para no ser tachado de lunático, y conseguir aglutinar a su alrededor a un círculo suficiente de partícipes, que le motivasen a mantenerlo en constante actualidad, y que no se convirtiera en un ignorado proyecto de un contumaz maníaco que ni sabe lo que quiere, ni es capaz de medir las posibilidades que a su alcance despliega. El ser apartado de los demás es lo que más le podría doler, y más sangrante todavía sería que quien lo hiciese fuese ese pequeño grupo, que para el conjunto de la sociedad son los proscritos y marginados de la misma, por lo que ello significaría de fracaso en su valoración personal. Marcial no era un excluido en sentido estricto, como para que los calificados así por el grueso de la población lo pudieran tachar de tal, pero sí que sería el mayor revés que pudiese sufrir, si por parte de ese desencantado gremio lo catalogasen peor de lo que ellos mismos se consideran.

Los tablones fueron fáciles de conseguir y un martillo y unas púas las vendían en cualquier ferretería, así que al segundo día de trabajo, la base en el vértice de las ramas del gran árbol quedó instalada ante el asombro general. Surgió un problema fortuito, y fue el de la propiedad de aquel ingenioso espacio, por lo que entre Marcial y los *hippies* de la zona con los que cada vez entraba más en contacto acordaron ocuparlo perennemente, y utilizarlo en beneficio de ellos mismos, o para depositar allí sus mochilas y sus existencias, turnándose de manera que al menos una persona siempre permaneciera en el árbol; ya que de no tomar esas precauciones, y hasta con una colchoneta colocada sobre la superficie de madera, el lugar sería pasto de un uso indiscriminado, por no imaginar a las prostitutas y travestis de aquella zona ejerciendo su profesión, en tan original paraje durante las agradables noches de verano.

El círculo de amistades de Marcial se fue ampliando, al igual que la utilidad de la instalación creada prácticamente desde la nada; ramas plagadas de alcayatas de las que pendían bolsas, colgantes, y todo tipo de curiosas mercancías multicolores, hacían imaginar a ese engendro vegetal como un gigantesco árbol de navidad, en el que los adornos eran más visibles que el propio árbol en sí. Por grupillos se reunían a dos metros del suelo hasta media docena de artistas a la vez, descansando a su sombra para tomar unas tazas de té, y los más rompedores beber complacientemente unas copas, mientras fumaban algún canuto compartido por todos. Allí intimó Marcial con Julio, un bohemio de pro, o al menos así se definía él mismo al poco de entablar amistad.

Julio era un buen pintor, un artista en ciernes que empezó profesionalmente con el trazo gordo a nivel doméstico, llegando ahora con la finura de pinceles como agujas a crear retratos por encargo, y a pintar unos lienzos apabullantemente expresivos al extremo. Además de particulares, muchos de sus clientes eran propietarios de galerías y tiendas de pintura, que los adquirían para venderlos en sus instalaciones multiplicando su precio por tres y hasta por cinco, y logrando unos pingües beneficios solamente por tener la clarividencia de su acertada visión comercial, dentro de un entorno calculado en el que eran conscientes del éxito que los mismos alcanzarían entre sus distinguidos compradores.

Precisamente el mes homónimo al nombre de Julio, Marcial y él lo pasaron casi al completo subidos al árbol del Malecón. Desde allí su amigo pintaba con una nueva perspectiva de la ciudad al fondo, consiguiendo plasmar en sus lienzos auténticas bellezas, que no distaban mucho de ser consideradas obras de arte. En particular, un par de atardeceres inmortalizados al óleo, se convirtieron en las dos puestas de sol por las que disputaron dos o tres propietarios de galerías que, lentamente, hacían que el precio se disparara por sí solo, sin necesidad de ponerle un especial énfasis artístico por parte de su creador.

Alternaban su permanencia allí con ratos de estancia en la casa de Marcial, donde la higiene corporal fundamentaba el mayor motivo para visitarla además de la comida. Habiendo congeniado bien desde un principio, Julio acabó mudándose al piso de su amigo en la calle Sagasta compartiendo los gastos, y abandonando una habitación subarrendada en el barrio de San Antolín que lo alivió de la pesada soledad, al haber conocido a quien ya lo presentaba ante todos como a casi un hermano.

El árbol de la concordia se transformó adicionalmente en otra atracción turística más, fue visitado inclusive por la pareja de la guardia civil, que en aquella zona y a esas gentes les consentían casi todo, haciendo la vista gorda en muchos de los casos. Si bien esporádicamente, alguna incautación de ciertas sustancias estupefacientes para consumo propio se dejaban airear, con el fin de mantener un cierto equilibrio entre los residentes y el resto de los habitantes de la ciudad, no todos gozosos de sostener aquel gueto de personas extravagantes en las proximidades de sus viviendas a la vista de sus hijos, y de los ancianos que acudían a solazarse al sol en los parques próximos.

Marcial empezó a sentirse integrado dentro de esa nueva comunidad, y un anochecer de borrachera con Julio tumbados sobre el colchón del árbol —con la vista puesta en la luna llena que abarcaba gran parte del cielo visible, y el pensamiento centrado en Candela—, se decidió a escribirle, invitándola a ella y a Rafael a que fuesen a vivir a aquella encantadora ciudad, donde la tranquilidad y el clima actuaban de terapia activa para el sosiego del alma. El ofrecimiento lo hizo en firme aunque algo interesado por su parte; Candela había entrado hasta lo más profundo de su corazón, y ello le hacía no poder apartarla tampoco de su mente. En su carta le apuntó la idea de que trajese un par de matas de cuendas, que las plantarían bajo el árbol, y si era preciso dentro de un pequeño redil a fabricar con unas protectoras tablas en sentido vertical, obteniendo la materia prima necesaria para proseguir con la confección de sus manualidades, si es que ese tipo de artesanía todavía seguía colgada en sus tenderetes.

La oferta quedó lanzada, y además de la dirección le envió unas fotografías de los sitios donde estaban ubicados, no obstante los días se sucedieron con rapidez y la respuesta no llegó nunca. Pensó que la había perdido definitivamente acaso por su intolerante conducta anterior, y que debería contemplar la posibilidad de imponerse a un recuerdo que, como el agua del río corriendo a sus espaldas vega abajo hasta su desembocadura, jamás volvería a discurrir dos veces por ese mismo lugar.

La había conocido con lo que entendía eran sus defectos, y por tanto o la aceptaba así o lo mejor sería olvidarla; a lo que no tenía derecho es a cambiarla a su conveniencia, haciendo de Candela una persona distinta de lo que realmente era. Fue un error inicial de planteamiento que ahora pagaba caro y difícilmente conseguirá solucionar esos fallos en el futuro, si proseguía en su empeño de crear clones que respondieran al perfil que a él más le gustaba, en lugar de actuar con lealtad frente a la personalidad de un ser ya maduro, que intentaba ser consecuente consigo mismo lo más fidedignamente posible.

A partir de noviembre el árbol de la concordia se tornó inhabitable por las noches, salvo que quien deseara quedarse en él se aplicara en permanecer dentro de un saco de dormir; la humedad y el relente imposibilitaban conciliar el sueño en esa superficie, a la vez que conservar la salud. Los amigos resolvieron que al cierre de los chiringuitos, los enseres *tarzaneros* debían ser recogidos en su totalidad, y apilados en el interior de los puestos o guardados en casa hasta el día siguiente, en función de su volumen y peso.

Marcial y Julio vieron con horror al regresar a media mañana los excesos cometidos durante la noche anterior, cuyas pruebas visibles consistían en preservativos usados incluso sobre el colchón, y algunas jeringuillas diseminadas al azar por entre los tablones. Desistieron de vigilar la instalación, y le prendieron fuego a la colchoneta y a todos los restos orgánicos que allí se hacinaban, fregando con lejía las maderas para procurar desinfectar el pequeño espacio, que con tanto primor diseñaron como otra obra de arte más. El abandono de ese recinto no tuvo marcha atrás, y desmantelaron el árbol de todo vestigio de acondicionamiento llevado a cabo a lo largo de ese año, desclavando los tablones y dejándolo igual que en su estado original lo encontraron cuando se les ocurrió tan brillante idea. Quedó con unos cuantos agujeros perforados en sus ramas por el hiriente metal de los tornillos y las púas, pero para un mastodonte de esas dimensiones estos no pasarán de ser unos simples rasguños, a restaurar de una forma autónoma con su propia vitalidad.

Los meses de enero y febrero fueron los más duros en aquella tierra, y con el símil utilizado por Miguel Hernández para sus oriundos tachándolos de «murcianos de dinamita», Marcial y Julio se decantaron por la dinámica de tierra quemada, refugiándose por las noches en una noble tasca de barrio, hasta que el vino y el sueño les señalaban que era la hora de recogerse a dormir. El Bar De la Viuda, se llamaba aquella bodega centenaria construida en madera y obra, y rebosante de grandes toneles de vinos de Jumilla, recios en su sabor, con mucho cuerpo y alta graduación, que permanecían sometidos hasta el momento de su consumo a la continua maceración de las barricas de la taberna. Allí trasladaron su cuartel general a partir de las diez u once de la noche, hora en que la vida del malecón desaparecía dejando espacio a la neblina, y a las sospechosas sombras que a partir de esos momentos merodeaban por la zona, ganándose la vida con sucedáneos amorosos faltos de sentimientos, y ausentes de un horizonte alternativo que les permitiera subsistir con mayor dignidad, de la que por allí circulaba entre la bruma y el anonimato.

Con algunos vasos de vino, Marcial le confesó a Julio su perplejidad ante una vertiente nueva descubierta en su carácter, y esta era que algo de masoquista tenía que llevar en sus genes para ir a parar casualmente al De la Viuda, cuyo nombre le hacía recordar a la casera de su anterior domicilio, y suponía que todavía a la actual amante de Candela, si es que aún continuaba viviendo en aquella casa.

—Quién puede comprender que una mujer satisfecha consigo misma, y sin más anhelos que dejar transcurrir su existencia siendo feliz, se embarque en una aventura tan irracional más propia de seres ávidos en emociones, que no pueden evitar el probarlo todo, porque viven de sus experiencias y no de sus conciencias.

Esto era una simple cuestión retórica que Marcial le exponía a Julio desahogándose, por lo que no necesitaba respuesta. Solo lanzaba la cuestión en voz alta para tratar de asimilarla mejor, escuchándola pronunciada por sus propias palabras.

En eso estaban, entre dos vasos de vino y una tapa de hueva de mújol y almendras fritas, cuando hicieron acto de presencia dos mujeres cargadas con sendas maletas, que pidieron unos cafés con leche y magdalenas con que asociarlos. Recostadas las *trolleys* en un lateral del bar, interpelaron al camarero acerca de alguna pensión en la que pernoctar esa noche, los dos amigos se inmiscuyeron en la conversación presentándose educadamente, e invitando a las recién llegadas como muestra de hospitalidad.

Marina y Loli, dijeron llamarse al aceptar el cortés gesto, y ya los cuatro alrededor de una mesa intercambiaron la información que las mujeres pedían. Acababan de llegar a la estación de autobuses procedentes de Cuenca, un trabajo concertado en una conservera local las llevó hasta Murcia, desconociendo por completo la ciudad, sus costumbres, y los lugares más apropiados en los que desenvolverse con mayor aplomo y seguridad. El café con leche fue lo único que durante ese día habían ingerido las dos muchachas, desde que al mediodía subieron al autobús en su ciudad natal, para recalar a esas horas de la noche por allí. Y no es que hubieran llegado en una tartana, pero no existía línea directa entre una y otra población, por lo que tuvieron que hacer transbordo en Madrid, y desde allí tomar la combinación que las entregó en su destino, ocho horas después de su partida.

Marina aparentaba más edad que Loli, no guardaban relación de parentesco entre ellas, más la atonía de una vida rural recolectando ajos, y el mal presagio que se avecinaba para la siguiente cosecha, las hicieron desistir a las dos de repetir indefinidamente en esas mal pagadas campañas agrícolas, y aceptar el puesto de trabajo en una línea de producción de conservas vegetales, que al margen de gozar de mayores controles sanitarios y de un techado bajo forma de nave industrial, les proporcionarían la oportunidad de desarrollar una nueva vida en otra capital de provincia, donde nuevas gentes y nuevas formas de ver la vida les podrán abrir las puertas a una mejora sustancial, y labrarse un porvenir más esperanzador que el pasado conocido de donde provenían.

Marcial y Julio invitaron a las mujeres a cenar algo de contenido más sólido que las magdalenas, y después se ofrecieron a acompañarlas a una pensión conocida por ellos, por encontrarse en la misma calle en la que vivían, justo en el portal de enfrente de su casa. Subieron con ellas hasta el primer piso, y las dejaron debidamente instaladas en la habitación antes de retirarse, facilitándoles sus datos y los de su casa para cualquier cosa que precisaran. A la mañana siguiente sábado pasarían por la pensión a comprobar cómo habían pasado la noche, y de paso si ellas querían, les mostrarían muy por encima un poco de lo más destacable de la ciudad, así como la ubicación de la fábrica de conservas, donde el lunes tenían que presentarse para comenzar a trabajar a las afueras de Murcia, camino de la pedanía de Churra.

Ya en el piso de Marcial frente a la pensión, Julio le preguntó a su amigo:

—¿A ti cuál de las dos te gusta más?... A mí la joven —continuó sin interrumpirse para escuchar la posible respuesta—. Loli se llama la más joven, esa es la que me atrae… es muy guapa y está de muy buen ver… ¿no?

Marcial asintió con la cabeza, y respondiendo a su amigo le contestó:

—A mí la que más me gusta es Candela…

—¡Marcial, no seas idiota, coño! Déjate de ver fantasmas donde no los hay; te pregunto por estas dos, si Marina o si Loli.

—Pues eso digo —se reiteró Marcial en su afirmación anterior—. A ti te agrada Loli y a mí Candela, y ya está. ¿Dónde ves el problema, o quieres que también me atraiga Marina? Pues vale, Marina también, y todas las mujeres atractivas, sanas y limpias que además me quieran. ¿Te parece adecuada la respuesta y nos acostamos a dormir? Pintor de brocha pequeña…

—Mejor dormimos sí —atajó Julio visiblemente contrariado, dejando a su amigo por imposible.

Cada uno se encerró en su habitación. En la de Marcial el recuerdo de Candela sobrevolaba la estancia, en tanto que la mente de Julio bullía secretamente en la otra, acariciando una ilusión de la que se acababa de quedar prendado, y que atendía al gracioso nombre de Loli.

CAPÍTULO 7

Marina y Loli

El sábado fue un gran día para las cuatro personas que el destino agrupó geográficamente en aquel lugar. Por la mañana salieron a visitar los lugares más emblemáticos de una Murcia que, recorrida a pie, dio lo bastante de sí como para llegar incluso hasta las puertas de la fábrica donde estas dos mujeres se presentarían a trabajar el lunes. Habían aprendido el camino y la distancia de vuelta hasta la pensión cuando al mediodía decidieron retornar a ella.

Julio se mostró muy activo y atento, sobre todo con Loli, y llegando a la calle Sagasta propuso llamar a un restaurante de comida china y pedir que les trajeran unos rollitos de primavera y arroz tres delicias para comer juntos los cuatro en casa. Así, de paso, se la mostrarían a las dos amigas; total estaban a un paso, enfrente justo del hostal donde pernoctaban.

La tosquedad de Marcial no ayudó mucho a que las mujeres se decidieran, si bien un ilusionado Julio continuaba insistiendo, y mirando con ojos de cordero degollado a Loli consiguió que esta transfiriera a Marina un imperceptible guiño, que terminó decantando el sí en la balanza mental donde se fraguó la decisión.

Los cuatro ascendieron por las escaleras hasta el piso de donde ya no salieron en el resto del día. El aperitivo consumido a la espera de la comida, el propio almuerzo en sí, y sobre todo una prolongadísima sobremesa descansada y armoniosa como pocas, ayudaron a eliminar las barreras naturales de las confidencias. Casi sin quererlo, se generó un clima íntimo y apacible que se encumbró como lo más encantador de toda la tarde, convirtiendo lo inapetecible en aceptable para Marcial, y lo deseado en alcanzable por quien, extendiendo las manos, lo quisiera atrapar para su particular regocijo como era el caso de su amigo Julio.

Ese atardecer los dos amigos no acudieron al malecón a abrir los atriles del pintor, ni a sacar los cuadros a la vista de los transeúntes ya etiquetados con sus precios, y eso que el sábado era el día más fuerte de la semana a la hora de cerrar los tratos, y sustanciar positivamente algunos aspectos del negocio. Pero lo de Julio en ese preciso instante pasaba por ser algo mucho más fuerte que su propio *modus vivendi*, y el rematar la noche entre los amorosos brazos de Loli compensaba su falta de inspiración para seguir pintando, y las ganas de embolsarse unos buenos euros que, tal vez, en el futuro le fueran necesarios para continuar sobreviviendo.

Ese día Julio lo sintió como muy especial, tanto que por unas horas dejó de ser pintor, y todo su arte lo volcó en vencer las reticencias de Loli, convenciéndola de que entre ellos dos estaba surgiendo un afecto mucho más trascendente que una simple amistad. Quién sabe adónde le llevarían esos sentimientos de conseguir que cuajaran, y qué proyección futura articularían con ellos; pero el presente era hoy, y las intenciones de ese momento las tenía meridianamente claras.

La voluntariedad y el tesón que con su insistencia mostraba acabaron dando sus frutos, y la pretensión apetecida de prodigarse amor y goce por doquier consiguió encerrarlos a los dos en la habitación de Julio, para no volver a salir de ella en el resto de la tarde más que para hacer acopio de un par de combinados, y de la cajetilla de tabaco que el pintor introdujo en su cuarto. Poco tiempo después, unos sonidos muy definitorios de por dónde se desarrollaba la contienda demostraban que seguían vivos dentro de la alcoba, y más atareados que nunca a juzgar por las jadeos que desde afuera se escuchaban entrecortadamente.

Marcial y Marina hacían la vista gorda en el sofá del salón rodeados de botellas y de unos pocos restos de comida. Aprovecharon para continuar con la exploración de sus vidas, contándose los milagros que en ellas les sucedieron en forma de anécdotas, y bebiendo la enésima copa, haciendo tiempo para que la feliz pareja se les uniera, henchida de la complacencia que ambos le atribuían cuando finalizaran sus escaramuzas amorosas, y certificando su dicha como buenos observadores que eran del sentir ajeno.

La noticia que todo día trae para justificar la sucesión de uno nuevo que sustituya al anterior, no fue la atracción carnal de Julio y Loli, sino algo mucho más novedoso que Marcial tejía en su interior, como la mortaja que la astuta Penélope le debía de tejer a Laertes, su suegro. En su dilatada vida nunca hizo el amor con nadie de quien no se sintiera atraído física o emocionalmente, y menos aun llegó a admitir ni por asomo que un hombre pagara por los servicios sexuales de una mujer. Lo consideraba denigrante y siempre lo descartó desde su juventud, cuando lo sometieron a un examen de filosofía en el que se analizaba la culpabilidad del proceder humano, con cuestiones tan existencialistas como la clásica pregunta de quién comete mayor pecado... ¿la que peca por la paga o el que paga por pecar?

Pero esa noche treinta años después comenzó a pensar de manera diferente. Tampoco se reconoció nunca como un hombre carabina haciéndose el bisoño, dándole cuerda a una conversación que no le apetecía seguir manteniendo, y bebiendo por beber sin un objetivo claro que lo impulsara a hacerlo. El que en la alcoba contigua dos amantes se ungieran de cuanta savia pudieran embadurnarse, movidos por la caliente sangre mediterránea que a través de sus venas les bloqueaba el cerebro, estrujándolo en pasiones irrefrenables hasta llevarlo al punto de la parálisis total, no disculpaba que mientras tanto él charlase con una mujer fértil y llamativa, permaneciendo a verlas venir en su papel de don Tancredo cuando nada parecido a eso llegó a ser; ni siquiera transigiendo los vaivenes amorosos que en otros tiempos su antiguo amigo Mario prodigaba, y en los que Marcial estoicamente aguantaba quedándose a la luna de Valencia.

Era un complejo injustificado totalmente fuera de lugar, pero agregando el desaliento por Candela a la suposición mental que se estaba creando, y todo ello unido al hartazgo de tanta bebida, lo llevaron a la conclusión más que perentoria de que no podía dar una imagen errónea de sí mismo, ya que podría estar dando pie a que Marina pensara que estaba acompañada por un homosexual, con gustos antagónicos a los de su sexo por los genes u hormonas o, lo que se le antojaba más grave, por una distorsión emocional susceptible de identificarla como una alteración psíquica.

Se lo estuvo pensando hasta la saciedad, la noche se eternizaba, y él se convenció que de alguna manera debía tomar la iniciativa, instando a aquella mujer a responder ante la rutinaria prueba por la que todo ser humano ha pasado desde que el mundo es mundo, y desde que el sexo fue finalmente sometido al arbitrio voluntario de sus protagonistas...

¡Tanto pensar para robarle un beso a Marina! Ya era incómoda la situación ya, pero por fin abstraído de tanta ecuanimidad se atrevió a preguntárselo osadamente, con la entereza que él mismo se creó dentro su cabeza:

—Marina, ¿te puedo besar?

—¿Te gusto Marcial? —respondió ella a lo gallego, contestándole con otra pregunta.

No obtuvo respuesta hablada, Marcial se acercó a ella y le dio un clamoroso beso en la boca. De hecho fue un acto premeditado desde el momento en que se decidió a preguntarle. Fue un beso muy pasional, de esos de *roscatornillo* cuyo sabor a los diez segundos ha penetrado hasta las amígdalas, y si la acometida no prosperó fue porque en ese preciso instante la pareja olvidada en la habitación salió con unas ínfulas capaces de comerse el mundo; si es que este les fuera servido en condiciones de poder digerirlo.

El tema quedó aparcado, hasta encontrar mejor ocasión en la que proseguir con los escarceos interrumpidos por la aparición de sus amigos, Marina se atusó el pelo y todos coincidieron que había llegado la hora de dar por terminado el día, y dejar algo para los siguientes que los afrontarían con nuevos bríos una vez repuestos. Marcial ni se levantó a despedirlas, quedándose dormido a los cinco minutos después de haberles dado las buenas noches, y es que a partir de una determinada edad ciertos abusos se saldan con la somnolencia, y en el peor de los procesos con la idealización de los sueños, cuando estos no son convertidos en realidad por sus protagonistas.

A la tarde del siguiente día abrió los ojos acostado en el sofá —cuando convino que la noche anterior se excedió más de lo habitual con el alcohol, recapacitando en todo lo sucedido—, Julio ya no es encontraba en la casa sin duda llamado por los cantos de la sirena por la que suspiraba. Se comportó como un amigo ejemplar, conocía la aflicción de Marcial y se hizo cargo de sus sentimientos no queriendo comprometerle en sus devaneos, en los que en todo caso correspondía al propio Marcial aventurarse en ellos si así lo deseaba. Estaba totalmente convencido que para su amigo el que estas nuevas relaciones cristalizaran sería lo mejor, iniciando con ellas una retadora ilusión sentimental, que restauraría su maltrecho equilibrio anímico encauzándolo hacia la estabilidad, en el supuesto de que ese hipotético proyecto prosperara con el tiempo. Si bien evitó el forzar la maquinaria mental de Marcial, dejándolo de momento al margen hasta que él mismo resolviera el dilema; eligiendo una alternativa o su contraria.

Una carta de amor recibida el lunes dejó en suspenso el proyecto de Julio, de que las dos mujeres abandonasen la pensión y se trasladaran a vivir con ellos al piso. Era un escrito de Candela relatándole la nueva marcha de Rafael, y la notificación unos pocos días después por parte de la casera de la extinción del contrato de alquiler, al no ajustarse quien ocupaba la casa a la titularidad del mismo. Pero y sobre todo, según Candela detallaba, porque doña Maruja había conocido a un señor de su edad igualmente viudo y más apuesto que su difunto marido, con el que se sentía compensada de todo y del que recibió promesa de matrimonio, por lo que para empezar una nueva vida era imprescindible romper con el pasado, ocultar cuantos desmanes y excesos se hubieran podido cometer en él, así como a los testigos presenciales y a los actores principales del mismo, que harían inviable olvidarlo, además de lo peligroso que suponía el tenerlos cerca. Todo ello debía desaparecer de un plumazo sin dejar rastro, y simular que jamás ocurrió lo que jamás se contó, y en consecuencia tampoco sucedió... ni entonces ni nunca.

Marcial no lloró de emoción al leerla pero sí de pena, y la discusión con Julio por ese motivo fue de órdago a la grande, poniendo en grave riesgo una amistad tan laboriosamente conquistada entre ambos. Una fecha del calendario anticipaba en su misiva, la de primeros de mes coincidente con el próximo fin de semana. Le rogaba encarecidamente que la esperase para darle cobijo en su casa, dada la hostilidad que para ella representaba un nuevo lugar totalmente desconocido, y separada de todo su corrillo de conocidos y amistades. El domingo llegó, y Candela se presentó ante la puerta de la casa de Marcial con una maleta a cada costado, y una sonrisa de bien hallada en mitad de la cara.

Marcial enmudeció ante la efigie transformada de Candela, el salto cualitativo tan visible que había dado hizo que se quedara sin palabras en el momento menos oportuno. No obstante se superó a sí mismo, y la saludó manifiestamente nervioso forzado por las circunstancias, dada su escasa capacidad para sobreponerse ante cualquier escaramuza sentimental, que apelando a su alma poseyeran esos ojos almendrados por los que le abandonó la suerte. Esa que ya hacía tiempo que había renegado de él dejándolo a la intemperie, a merced de los vientos que lo inclinaban a uno u otro lado según soplaban a su favor, o se aliaban en su contra cual estratagema urdida con el solo fin de quebrarlo, negándole la posibilidad de rehacer su vida con el único objetivo de mantenerla inerme y de no perderla, argumentando que se agotó en inapropiados episodios de los que no sacó provecho alguno.

Su preocupación por rellenarla desde un principio y contemporizarla con su longevidad, le llevaba ahora a comportarse de manera contraria a la habitual, exprimiendo y acelerando las opciones que le quedaban para compensar la ausencia de estímulos, que a su edad las sufragaba con la búsqueda de otros medios procurando revivirlas desde su origen. A partir de la pérdida de su trabajo, fecha en que se propuso cantarle las cuarenta al más pintado nada de eso se produjo realmente, no encontrando una explicación más plausible que echarle la culpa al método utilizado, y no al propósito en el que se enroló sin sopesar las consecuencias que ello arrastraba consigo. Todo lo calculó deliberadamente, pero nada le hacía presagiar que acertó en sus planteamientos; más bien al contrario, su perseguida inocuidad en temas tan fundamentales como el devenir de su propia existencia quedaron aparcados en la cuneta, encontrándose ahora peor que cuando se planteó decidir sobre su vida y hacienda, como hace un justo juez ante el reo sentado en el banquillo de los acusados.

Candela aguardaba sin articular palabra a que Marcial diese el primer paso, si es que abdicaba de su posición impávida frente a ella. Pero ninguno de los dos cedió un ápice, y ambos se jugaron su futuro sin tan siquiera asimilarlo primero. No obstante predominó la educación, y tras el *impasse* del momento un cortés saludo y un par de besos de recibimiento fueron intercambiados ante el estupor de Julio, que se quedó a observar tranquilamente la escena sacando la impresión de que se encontraba ante dos auténticos idiotas. Más Marcial que Candela, ya que lo consideraba perdido en fútiles machadas, atemperadas con tercos convencionalismos cuyas consecuencias dirimiría el tiempo, pero que ya anticipaba él que en absoluto iban a ser positivas para ninguno de los dos, previendo el inevitable principio del fin.

Una verdadera pena pensó, porque el cambio experimentado por Candela era espectacular; a los ojos de Marcial no podía ser más increíble: ropa ajustada y moderna, una melena teñida en rubio que encerraba la expresión de un rostro bien cuidado, con unos ojos profundos acentuados por el maquillaje que herían al mirarlos, y unos zapatos de tacón realzando una figura en su conjunto mucho más interesante. Todo ello dejaba bien a las claras, que estaba ante otra persona distinta de aquella con la que convivió tiempo atrás, difícilmente se la podría asociar en ese momento a esos grupos de hippies que generalmente se les ve con aspecto desaliñado, indiferentes con las formas y las normas impuestas por la actualidad de la moda.

—Una belleza intrigante —dijo Julio al verla traspasar la puerta, fuera de la longitud de onda que sintonizaban Candela y su amigo—. Marcial, no eres más tonto porque no te entrenas. ¿A qué esperas?, tu torpeza te perseguirá para arrepentirte por no saber medir los tiempos, hoy no toca mostrarte digno sino manifestarle tus sentimientos, y fundirte con ella en esa relación por la que luchaste, para recuperar lo que desde que te conozco has considerado como algo tuyo, y apreciado mucho más desde el instante en que la creíste irrecuperable.

Sin duda alguna Julio era el amigo de un hombre enamorado, eso no admitía discusión, pero la obcecación de este lo irritaba como nunca nadie lo logró con anterioridad. Si él arrojaba la toalla y Marcial persistía en sus trece, la amistad tan en la cuerda floja terminaría resquebrajándose. No se puede ser tan bobo y manifacero a la vez, cuando hay que decantarse y la ocasión es clara, no es permitido andarse por las ramas sin arriesgar nada, como cuando en el árbol de la concordia trasegaba una botella de vodka tumbado panza arriba, consumiendo una vida tan insípida, como la bebida que repartía entre los cuatro gatos que a su invitación se sumaban complacidos.

Julio tenía toda la razón, aunque eso no quería decir que le fuese a hacer caso. Marcial acomodó a Candela momentáneamente en su propia habitación, luego ya se plantearía dónde dormir él; seguramente en el sofá del salón, ya que el otro dormitorio lo ocupaba su amigo, y en algunas horas sueltas entre semana también este lo compartía con Loli, para dedicarse a esas actividades que solo una pareja de galanes encelados se impone como un objetivo obsesionante, incrustado a fuego entre ceja y ceja al mirarse con los ojos del amor.

Candela no valoró ese recibimiento como el mejor del mundo. Esperaba otro diferente mucho más alentador y entusiasta, y si bien tampoco le negaron la entrada, Marcial la admitió como una obligación de la que era preciso hacerse cargo con hospitalidad y buenas formas. La frustración se apoderó de ella, se sintió desplazada como un postizo pegado dentro de un hábitat que no era el suyo, e insistió hasta la extenuación que ella dormiría esa noche en el salón para buscarse, al día siguiente, otro alojamiento donde poder acomodarse temporalmente.

El caso es que Marcial no deseaba que Candela se marchara, aunque presentarse así sin más, sin una frase de perdón o unas palabras de disculpa por todo lo que había pasado, y que motivó que huyera de su lado casi despavorido ante el grotesco planteamiento admitido por ella y por la cavernícola de su casera, no lo asimilaban sus cortas entendederas. Pasando por alto lo satisfactoria que sensorialmente fue aquella relación —una vez tamizada a través de la lógica de su raciocinio— carecía de todo fundamento convirtiéndose en inasumible, dado lo escandalosa que en el fondo y en la forma fue, y que ahora contemplada con perspectiva sencillamente le parecía aberrante. Y encima para más inri Candela, que fue rechazada por los suyos y abandonada por su ángel protector, no daba su brazo a torcer y de sus labios no salía ni una expresión de arrepentimiento, ni ninguna tierna voz emitida con un mínimo de dulzura con la que trasladar su querer a Marcial. Exclusivamente con su presencia creía haberlo saldado todo, dando por amortizados los deslices que en mayor o menor medida ambos cometieron cautivos de sus pasiones.

Julio entró en la habitación de Marcial intentando hacerle ver su atropello, y el erróneo criterio que con respecto a las mujeres mantenía con rígida disciplina cuartelera, pero su gestión no fructificó en nada concreto más allá del mantenimiento de la cortesía, y del respeto a la voluntad de Candela. A fin de cuentas fue él quien la invitó para que volviera a su lado, y ahora que había conseguido lo más difícil, eso no fue tan importante como para hacerlo claudicar en su brazos, desterrando convicciones y lamentos que, de mantenerlos, lo empujarían otra vez a su denostada soledad.

Al día siguiente los dos amigos ayudaron porteando las maletas, y acompañaron a Candela al barrio de San Antolín donde Julio había vivido en una habitación realquilada, ante la amenaza en irse sola una vez tomó la determinación de no permanecer en casa de ellos, perturbando la vida de sus dos habitantes. Después de acoplarla allí le mostraron someramente los lugares por los que manejarse, y los puestos del Malecón a la margen izquierda del río junto a la plaza de abastos, donde se instalan los chiringuitos de los *hippies,* y en los que al atardecer sería presentada cautelarmente. A continuación retornaron al nuevo domicilio de Candela por una ruta alternativa, con el fin de que se familiarizara con las calles del barrio, y allí la dejaron instalada quedando citados en verse nuevamente por la tarde en el mercadillo.

Una mesa de madera plegable, y dos perchas saturadas de salientes en los que colgar sus productos para ser vistos, fueron todo el bagaje presentado ante sus correligionarios, con los que modestamente amplificó la variedad de la oferta concentrada en aquel lugar. Sus manualidades, muchas de ellas hechas con cuendas, hicieron furor entre los clientes aquella primera jornada, y no menos de diez pulseras, dos juegos de pendientes y tres rosarios vendió sin el menor esfuerzo, admitiendo al recoger el muestrario que la noche se le había dado bastante bien. Debió ser la novedad de sus artículos, porque Murcia no era Benidorm o Madrid, pero para tratarse de la primera tarde se fue contenta afirmando que el negocio prometía.

En las siguientes jornadas recurrió a Marcial, interesándose por el sitio en el que podría plantar algunas semillas de cuendas, ahora que ya había llegado el buen tiempo una vez entrada la primavera. Su espacio en aquel paseo lo ocupó junto a la caseta de Julio, una mezcla entre algo independiente y un anexo al templete de este. Así, al menos, conversaría con alguien conocido hasta que se fuera haciendo a los hábitos de todos los veteranos.

Marcial le mostró el gran árbol bajo cuya sombra tenía previsto plantar las cuendas, y varios se les unieron dispuestos a restaurar el ya conocido como El Árbol de la Concordia, con el ánimo de que enraizaran mediante sus atentos cuidados una vez dejara el lugar señalizado. Obviamente el sustrato de aquella explanada, y las raíces del árbol que absorbían toda la energía puesta a su disposición, impidió que la totalidad de las matas brotaran como hubiera sido su deseo, pero la proverbial fertilidad de la tierra murciana consiguió el milagro una vez más, brotando de su subsuelo unos tallos enhiestos y verdes que, con un poco de dedicación y con todo el cariño del mundo, auguraban el mejor de los regalos que la naturaleza era capaz de ofrecer con su infinita generosidad.

Con el tiempo la relación entre Loli y Julio se consolidó con firmeza y, de vez en cuando, en días laborables tanto Marina como su amiga salían a pasear al atardecer, deteniéndose un buen rato en el emplazamiento de Julio para después recogerse pronto a descansar, ya que en la fábrica la dura jornada laboral comenzaba a las nueve de la mañana, y no era cosa de trasnochar alegremente. Una noche Loli le dio a su novio una buena noticia, con la llegada del periodo estival la empresa adoptaba el horario de verano, y a partir del siguiente lunes las dos tendrían jornada intensiva desde las ocho de la mañana hasta las cuatro de la tarde; por lo que salvando el madrugón, dispondrían a cambio de toda la tarde libre hasta el día siguiente.

Ese fin de semana lo celebraron en casa de Marcial a bombo y platillo, Candela declinó inicialmente la invitación, si bien a última hora y sumida en el mordaz aislamiento de su cuarto no pudo evitar la tentación de aparecer por allí, e intentar pasar unas horas agradables con todos. Poco tenía que aportar a aquella fiesta, pero al asegurar muchos de sus colegas que acudirían, ella también se presentó llevando un par de budas en miniatura como obsequio para la feliz pareja, que les infundirán sabiduría y abundancia por igual según la milenaria tradición oriental.

Fue recibida con una música muy estridente de fondo, cuando la agitación ya era bastante generalizada entre copas, canapés, y algunos cigarrillos aromáticos.

—Que de todo hay en la viña del Señor —dijo Julio al darle un par de besos de bienvenida, y agradecerle el detalle de aquellas dos figuritas de porcelana tan decorativas.

En cuanto Marcial la vio también fue a abrazarla, contento de que hubiera cambiado de opinión; para él era importante su presencia allí, y así se lo hizo saber mientras le preparaba un combinado.

La noche se fue cerrando dentro de un oscuro túnel, hasta ser apartada por un esplendoroso alba que anunció la llegada del domingo. Los invitados aliviaron el revolucionado salón que poco a poco se fue transformando en una balsa de pausada calma, donde el volumen de la música descendió significativamente, y los movimientos comenzaron a producirse a cámara lenta para las cinco últimas personas que allí quedaron. Marcial se reclinó en el sofá, y Marina sentada en él se desplazó a un lado, dejándole suficiente espacio para que pudiera subir las piernas y estirarse lo largo que era, una vez lo descalzó poniendo a reposar los pies sobre sus rodillas.

No fue plato de buen gusto para Candela que los observaba desde la cocina. No quiso marcharse antes con el resto de sus compañeros y se sirvió un último canapé con una cerveza ofrecida por Julio, que cargado con una bandeja en una mano y dirigiendo a Loli con la otra, se metió en su cuarto despidiéndose de todos. Candela decidió que allí estaba de más, al ver a Marina masajear lentamente los dedos de los pies de Marcial, para acto seguido cerrar los ojos recostándose sobre él con la cara puesta encima de su vientre, una vez acurrucada en posición fetal encima del sofá que los dos compartían. Buscó por la casa los dos budas en miniatura y, situándolos encima de la mesa frente al sofá, cada uno a la altura del rostro de los que allí dormitaban, se fue silenciosamente llevando especial cuidado en no hacer ruido con la puerta de la calle.

Ese día fue particularmente descansado para todos lo que estuvieron inmersos en la velada de la noche anterior, quedando agotados por la excesiva prolongación del festejo. A media mañana Marina abrió los ojos despertada por unas incontenibles ganas de evacuar, además de la incomodidad física que notó junto a su cara al seguir Marcial profundamente dormido, e inconscientemente rozar con su mejilla el miembro en estado de erección por debajo de los pantalones, producto de sus oníricos pensamientos; por lo que mirándolo con fijeza se desperezó, y levantándose del sofá se fue al aseo. Marcial sintió que alguien con olor a mujer presionó en su pantalón, intentando disimular la evidente rigidez de una parte de su anatomía, pero real o soñado se dio media vuelta y prosiguió durmiendo plácidamente.

Al mediodía las campanas de la iglesia repicando a misa lo despertaron, cuando ya Julio y Loli salían de su aposento, y Marina preparaba una jarra de zumo de naranja que en ayunas licuarían toda toxina acumulada de la víspera. Quizás las figuritas de los budas también colaboren en ese menester, pero ya estaban adornando la vitrina del aparador junto a unos pocos libros situados a su costado; y es que ya se sabe que la naranja por la mañana es oro, al mediodía plata, y por la noche mata.

Jamás pensó Marcial llegar a una situación semejante como la que en ese momento le preocupaba, conocía perfectamente el pensar y el sentir de Candela, dispuesta a convivir pero no a morir por él metafóricamente hablando, como una enamorada al uso. Pero sí que ignoraba los sentimientos de Marina, que como mujer más tradicional y clasista los retenía bien guardados en su mente, a la espera de que algún día alguien que le manifestara su amor incondicional los extrajera verbalizados, y convertidos en palabras de cariño y ternura que a todo hombre le haría sentirse feliz susurradas a su oído. Este era un escenario que a Marcial angustiaba por las alternativas susceptibles de producirse, y por el extravío de la estrella que trataba de identificar entre la nebulosa creada en su conciencia, que de errar en la elección le sería después totalmente imposible rebobinar hasta el principio, para cambiar un veredicto cuyas consecuencias lo hicieran ya irreversible.

El aseo a media tarde antes de salir a los puestos del malecón, fue la llave que le abrió el cerebro aclarándole la decisión a tomar. Marina se duchaba en el cuarto de baño, y Marcial bastante más despejado de ideas, tocó en la puerta con los nudillos preguntando si podía entrar…

—¡Me estoy duchando! —respondió ella desde el interior, dejando resbalar el agua por su cuerpo mientras lo escuchaba.

¿Y eso qué significaba exactamente, que entrara o que no? Ya sabía él lo que Marina hacía en aquel preciso instante; la cuestión no era esa, sino qué margen de movimientos estaba dispuesta a concederle.

¿Y si no entra, y ella le está esperando para ducharse juntos? Pero ¿y si abre la puerta, y Marina pone el grito en el cielo por asaltar su intimidad, no habiéndole dado permiso para hacerlo?

No se atrevió a tomar la iniciativa, y permaneció a la espera de que terminara de asearse para los cuatro juntos pasear hasta el malecón, y aprovechar la tarde del domingo implorando que acudieran muchos admiradores de las pinturas de Julio, y con un poco de suerte cerrar alguna venta que buena falta le hacía a su amigo.

Durante el trayecto Marina andaba muy pegada a Marcial, ya conoció sus intenciones y ahora lo miraba directamente a los ojos sonriendo, parecía estar en posesión de un poder muy especial, y su compañero no fue capaz de sostenerle la mirada, agravada con una expresión casi angelical que sugería estar diciendo entre dientes «¡Marcial, eres un pardillo, y mucho más ingenuo de lo que aparentas ser!».

Ella le acarició la espalda con una mano, y él le correspondió pasándole el brazo por los hombros hasta enlazar sus dedos con los de la otra mano, después de rodear su cuello con gesto protector. Así llegaron a los puestos de los *hippies*, y juntos y abrazados los vio acercarse Candela, que ya estaba con su mesa desplegada, y con todos los artículos bien ordenados sobre ella.

Cierto gruñido y un *runrún* de desaprobación se oyó por la espalda a su paso, si bien ninguno le concedió la más mínima importancia. Marcial se dirigió con su acompañante al Árbol de la Concordia, y el pánico lo sobrecogió al contemplar sus matas de cuendas pisoteadas y quebradas bajo él, como si un batallón del ejército hubiera pasado por encima aniquilando su pequeña plantación, que enteramente destrozada quedó hecha añicos.

—Esto no han sido las prostitutas y sus clientes —dijo Marcial agachado en el suelo, queriendo en vano volver a poner las plantas en pie—; esto ha sido alguien con mala fe, que las ha destruido a conciencia para hacer daño. ¡Hay que tener mala idea o ser muy hijo de puta! —gritó en voz alta para que todos lo oyeran.

Unas cuantas palmadas de compasión en el hombro recibió por parte de algunos, y un abrazo seguido de un «lo siento» también recogió como en los velatorios de la boca de Candela, que siempre tuvo constancia de lo mucho que le importaban esas matas, y la entrañable devoción que en su cultivo ponía.

Marina le restó gravedad al tema, procurando que el disgusto fuera lo más pasajero posible…

—Venga Marcial, ¿qué se le va a hacer? No es más que un contratiempo inesperado; aunque quizás teniendo en cuenta lo que por las noches ronda por aquí, si no hay alguien que esté presente vigilando lo más natural es que termine pasando algo así.

—¡No! Esto no es obra de nadie que se mueva por aquí, y se complazca en devastar lo primero que le sale al paso; si así fuera se habría llevado las cuendas que ya brotaron. Lo han arrasado con malicia y con una intención determinada, y no porque en ese momento se le cruzaran los cables y le diera por maltratarlo todo. De hecho, el resto de lo que hay en la explanada no ha sufrido daño alguno…

—Bueno Marcial, tranquilo, olvídalo y vámonos a la casa… que hoy ya has tomado el suficiente disgusto como para dar por finiquitado el día. Mañana será otro distinto y vendrá más de cara… ya lo verás…

Loli se quedó con Julio y sus cuadros, mientras que la otra pareja regresó al piso, donde un agraviado Marcial presa de su turbación se preparó un *cubalibre*, y se sentó compungido en el sofá a beber y a reflexionar. Marina intercedió para calmarlo, indicándole que se diera una buena ducha y se quitara esa pesadilla de encima.

—Sí, pensándolo bien ahora al que le toca ducharse es a mí. O mejor, me daré un baño de espuma y agua caliente —le dijo a Marina desde el salón, en tanto que ella se servía a su vez un combinado de vodka.

Quiso calmarse y descansar tranquilamente, llenando la bañera con el agua de la ducha y con la espuma del jabón con el que se impregnó el cuerpo, para después dejarse atraer plácidamente por la sensación de quietud, ya inmerso en ella.

No transcurrieron cinco minutos desde que abrió el grifo templando el agua cuando la puerta del baño se abrió, y apareció Marina con dos *cubalibres* en sus manos, entregándole uno a Marcial para que le diera un largo trago que lo retrotrajera a la realidad presente. Tendido bajo el agua de la tina se quedó muy sorprendido, aunque después del segundo sorbo y recapacitando acerca de todo, un pequeño periscopio asomó por entre la espuma que hacía casi invisible su cuerpo. Ya fue innecesario hablar, y más improcedente aun pedir explicaciones. Su amiga se desnudó frente a él y se introdujo en la bañera, pidiendo solícita un hueco en el que sumergirse al calor de la atemperada agua, y del jabonoso cuerpo de Marcial que comenzó a rozarse con el suyo.

Media hora fue suficiente para saciar la pasión y terminar con los *cubalibres* apostados en la repisa, cuyos vasos actuaron de vigías de su encendido amor, silenciando a través del vidrio el deseo tanto tiempo larvado, que culminó en la fusión de dos amores no correspondidos hasta ese momento, y de dos cuerpos tan necesitados de entregarse mutuamente como los de ellos.

Desnudos y todavía abrazados, salieron con los vasos vacíos en las manos hasta la cocina para reponerlos por otros nuevos, y ya en ella Marcial tuvo que escuchar a Marina decirle…

—Marcial, eres más simple que el mecanismo de un chupete. ¿Ves cómo no hacía falta pedir permiso para entrar en el baño? Solo era cuestión de arriesgarse y hacerlo…

Quizás eso fue lo que tradicionalmente siempre le faltó a Marcial, arriesgarse y hacerlo. No siempre correr el riesgo para conquistar a alguien es sinónimo de éxito, pero no intentarlo si que garantiza el fracaso más rotundo, cuando la otra persona actúa de modo mimético a uno mismo.

CAPÍTULO 8

El cuadro de Julio

Julio saltó de alegría en mitad de la comida, al escuchar por boca de Marcial la relación sentimental iniciada con Marina, y los subsiguientes cambios que pensaba hacer motivados por esa nueva situación. Sin duda el más trascendental sería que a partir de entonces las dos novias ya no tendrían que seguir en la pensión de enfrente, pudiendo trasladarse al piso con ellos en el que acondicionarían las habitaciones, y el resto de las dependencias para que las dos parejas vivieran juntas, y de paso ahorrar algo en gastos una vez abandonasen el hostal.

La idea les pareció fenomenal a todos, y ese mismo fin de semana las dos mujeres recogieron sus enseres, hicieron las maletas y liquidaron la deuda en la pensión, para media hora después y una vez en la casa de sus respectivos novios volver a deshacerlas, y distribuir sus ropas en los armarios buscando sitios donde colocar las prendas.

Ese domingo se permitieron una licencia y Marcial invitó a todos a un restaurante de comida rápida. Entre el coctel de grasas saturadas y las patatas fritas engulleron seis pintas de cerveza y luego, con un cucurucho de helado de *tutifruti*, fueron paseando Gran Vía abajo hasta cruzarla y volver al que ya era el domicilio común de los cuatro. Cada pareja se atrincheró en su habitación a dormir la siesta por primera vez, contando con todas las bendiciones que al caso afectaban. De todos modos el despertador sonaría a las seis de la tarde, no fuera a ser que entre unas cosas y otras el sueño se prolongase más de lo debido, y la presencia en el mercadillo se retrasara tanto, que Julio no tuviera tiempo de exponer sus pinturas en un día festivo, que solía ser uno de los de mayor venta de la semana.

Entretanto la disposición sensorial de Candela se tornó insostenible, pensando que de haber apreciado lo que tuvo, ahora no tendría que arrepentirse de haberlo perdido.

Mantenía cierto contacto con su amigo Rafael como acostumbraba a hacer desde siempre, y explicándole los derroteros por los que transcurría su vida, este la conminó a ir a su encuentro y reunirse otra vez en las playas de Marbella, en las que la temporada se intuía muy buena, y donde también acabó apareciendo exultante su antigua amiga y compañera de piso Sonia. Esto la hizo recular de inmediato, agradeciendo la oferta para pensarla detenidamente, y decidir lo mejor en función de cómo se fueran desarrollando los acontecimientos.

Se encontraba sola, y cada vez más debilitada ante el error de cálculo cometido, habiendo salido escaldada en lugar de claramente triunfadora como hubiera sido su intención. Se presentó ante Marcial con todos los pronunciamientos a su favor, adoptando una imagen y un cuidado en su físico y en las formas al gusto de él. Todo lo hizo por agradarle y, sin embargo, no surtió efecto alguno porque nunca sospechó de la existencia de una competidora, comportándose tan ladinamente como para acabar llevándose el gato el agua.

Según Candela, Marcial no fue consciente de las sagaces intenciones de su actual novia Marina, al tratarse de matices muy sutiles que se encontraban fuera del alcance de su poco retorcido cerebro. Pero esas señales entre el género femenino son muy evidentes, y generan unos odios viscerales solo comparables al sufrimiento por los celos que se sienten.

En una noche de hastío en el Malecón, Candela terminó confesando a Julio lo ocurrido con las matas de cuendas; había sido ella la que había arrasado la diminuta plantación la víspera a acudir a la fiesta en su casa. El remordimiento fue lo que la hizo cambiar de opinión, y asistir finalmente a ella con el propósito de hacer las paces con Marcial y revelarle la fechoría. Sin embargo, al verlo en el sofá con Marina los celos la acabaron por convencer de que todo estaba perdido, por lo que lejos de arrepentirse del mal ocasionado se alegró por ello, siendo esta una pequeña porción de la venganza que le hubiera gustado ejecutar, mitigando en lo posible su vilipendiado infortunio.

Julio la escuchó en silencio, concentrado y bien pertrechado de pinceles manchaba dibujando en uno de sus lienzos, transformando las imágenes en pintura en base a las declaraciones de Marina. Ello propició que cuando su amiga terminó de explayarse, él todavía estaba inmerso en la imaginaria escena que en su mente grabó primero, y que dejó fielmente plasmada en la tela después. Una mujer zaherida aplastaba un corralito de verdes plantas recubiertas de bolitas marrones que, desgajándose de sus tallos, iban desperdigándose por un secarral dolorido, en el que una trapacera figura femenina sin pretenderlo lo regaba con sus lágrimas... más gruesas que su propia rabia.

La casualidad resultó ser la artífice de la alegoría escenificada, porque ese cuadro visto por un marchante fue el principio de una carrera profesional, que propulsó meteóricamente a su autor dentro del mundo del arte pictórico; arriesgando simultáneamente la posibilidad de provocar el fin de la fría relación entre Marcial y Candela, una vez que este lo contemplase adivinando sin ningún esfuerzo el episodio allí representado.

Julio no pudo expresar más con menos, condensando en un perímetro muy acotado de su cuadro toda una acción plagada de sensibilidad, emociones y subterfugios sentimentales, que quedaron magistralmente expuestos a la vista de los amantes de la buena pintura y expertos artísticos.

El pintor fue el detonante y el azar la espoleta que lo activó. El caché de Julio fue peleado entre la media docena de negociantes que acudieron como las moscas a la miel. Unos le ofrecían comprarle su producción pictórica, y otros le facilitaban exposiciones provinciales incluso en una gran sala madrileña de mayor categoría, en la que cierto tipo de eventos se organizaban para «la *creme* de la *creme*», con unos filtros de exclusividad que los hacían inaccesibles para el gran público en general, siendo vistos como una oportunidad de oro para conseguir un lanzamiento elitista, que lo condujera por el tan difícil y pedregoso camino de la fama.

Julio quedó encantado ante las perspectivas que improvisadamente se le abrieron ante sí. Estaba acostumbrado a subsistir entre una jaula de oro y otra de diamantes, que eran su casa y los suyos. La primera la cambiaría por otra con más oropel, pero la segunda era tan fuerte y resistente, que nunca se pudo desprender de ella allá donde se encontrara en cada momento.

El orgullo lo envaneció por su efímero éxito, y por la consagración que ello le suponía como artista, y repasando de punta a punta el cuadro a la hora de firmarlo, una vez concluido escribió su nombre agregando entre paréntesis al lado de la rúbrica: «dedicado a Narciso».

Candela lloró amargamente cuando lo vio acabado, asintiendo en que la escena allí descrita reflejaba el siniestro calvario por el que pasó en esos días, mejor que si un fotógrafo profesional hubiera inmortalizado el momento mediante un fidedigno retrato. Y ya lo que la marcó totalmente extrayendo todo lo que en su corazón guardaba, fue la reseña que el pintor le dedicó a su difunto hermano a quien nunca conoció más que de oídas, por lo que lo tomó como un homenaje a su persona, que inspiró fortuitamente la creación de esa pequeña obra de arte, a decir de los entendidos en la materia.

Siendo un neófito, en cuanto Marcial vio la escena que el cuadro reproducía entendió con rapidez su significado, conmovido olvidó su rabia y quiso hablar con Candela, por lo que una mañana mientras Marina y Loli trabajaban en la fábrica y Julio dormía, se acercó a la casa en la que ella vivía en el barrio de San Antolín. Temeroso llamó a la puerta, procurando como así le instruyeron en su día no molestar demasiado al resto de inquilinos de las demás habitaciones; allí estaban prohibidas las visitas y ya le costó lo suyo lograr que lo dejasen pasar, argumentando que se trataba de un asunto de vital importancia para Candela.

—Los asuntos importantes se dilucidan en sitios más apropiados y no en este —le respondió quien le facilitó el acceso sonrojándolo en el descansillo de la entrada, si bien la insistencia con la que pretendió cautivar a su interlocutora, hizo posible que al fin lo dejase acceder al interior con un gesto hosco de indiferencia, que dejaba bien a las claras la molestia inferida por su presencia.

Candela abrió la puerta de su estancia ante las llamadas de Marcial, que recién despertada por los golpes estaba medio desnuda y con los ojos legañosos. Poco había dormido y lo primero que hizo fue cubrirse con una camiseta sin mangas que, al menos, tapó la ropa interior además de ocultar sus senos ante la inesperada visita.

Después se lavó la cara con el agua de la palangana.

La energía de Marcial se desvaneció, y sus ojos desdibujados vieron a una ingenua Candela, idéntica a aquella cándida del día en que la conoció, y en el que se sintió irremediablemente atraído intrigado por lo absurdo de su comportamiento, y por su carácter tan poco maleable. En ella veía la tesis y la antítesis a la vez. Siempre se supo prendido de ese halo espiritual que rebosaba personalidad de una manera involuntaria, naciéndole de dentro como un mecanismo natural. Igual nada de eso se correspondía con la realidad, pero él la tenía catalogada así desde un principio y por más que se cuestionaba el porqué, no daba con la tecla para afinar su intuición hasta ese punto. Era un enigma que podría descifrar ya que nada se interponía para impedirlo, sin embargo, siempre le resultó imposible hacerlo, quizás porque antes debería resolver el misterio que él mismo encerraba dentro de su propia identidad.

Marcial se abrazó a Candela y lloró, los hombres no lloran, recordó al instante que le enseñaron de pequeño sus educadores, pero el motivo de esas lágrimas bien merecía la pena el desaguarlas. Se instaló mentalmente en la cabeza de Candela, y se hizo cargo de lo que dentro de ella tuvo que regurgitar en esos últimos tiempos, básicamente desde que vino a Murcia a su encuentro hasta el momento presente.

Cuando observamos la desgracia ajena por una u otra causa siempre decimos «que por nadie pase», y ahora entendía por lo que Candela estaba pasando; era como llevar el pecado en la penitencia, difícil de separar y más duro aun de reparar.

Y es que Marcial en lo más oculto de su ser era eso: un soñador recalcitrante que él mismo se negaba a admitir como un hecho cierto. Pero serlo le resultaba tan imprescindible en su concepción de la vida como la respiración para continuar desenvolviéndose en ella.

De ahí tanto quejarse y demostrar suficiencias, que en realidad no eran más que excusas para no censurar su propia conducta, y mantener viva la llama de la ilusión encendida y vuelta a apagar tantas veces como su propia catalogación de persona condescendiente se lo permitió.

Conociéndose a sí mismo y en total desacuerdo con su personalidad, en lo que no se esmeraba mucho era en confesarlo públicamente, dejando al arbitrio de los demás el que fuesen partícipes de sus sueños, miedos, temores y rencores, que lastraban su existencia y no siempre para mal; al igual que el barco pesquero decelera la velocidad de arrastre cuando, en un día de gracia, siente que sus redes se encuentran a rebosar por el peso que remolca hasta detenerse para izarlas, descargando después la preciada mercancía que será el sustento de mucha gente, facilitándose a un tiempo el volver a faenar en una nueva singladura, y así de por vida hasta que el agotamiento, la cruda vejez, o la esquilmación de los recursos obliguen al inevitable atraque para su desguace. En la historia de los seres humanos se traduce en su descanso eterno, y en una desaparición física alimentada por teorías de un más allá que, premiando conductas, justifiquen nuestra no negatividad en la tierra compartida con otros congéneres. A esto y no a otra cosa es a lo que se le llama civilización.

Candela lo que se dice muy civilizada no lo era, tenía sus brotes como todos, y ahora se encontraba imbuida en uno de ellos. Se separó del abrazo de Marcial y, adecentándose un poco el pelo, se sentó en la silla observando sus gestos; de pie en medio de la habitación, Marcial no supo la postura a adoptar ni qué hacer con sus manos, introduciéndolas nerviosamente en los bolsillos aguardando que fuera ella quien tomara la iniciativa.

—Marcial —dijo ella—. ¿Cómo has podido hacerme tanto daño? ¿Y ahora a qué has venido? ¿A comprobar si surtió efecto y regodearte en él?

—¡No Candela! —respondió muy sorprendido—. Es al revés. Vine a pedirte perdón y a explicarte mi conducta. Nada de lo que estás pensando es así como lo ves, cometí una debilidad inducido por el despecho, nada más. Marina fue la que me consoló en un determinado momento, y de repente los acontecimientos se precipitaron a mucha mayor velocidad de la que yo pude controlar. Lo demás ya lo sabes…

—Marcial, yo nunca cambiaré, principalmente porque no quiero hacerlo; me encuentro satisfecha conmigo misma y pretendo seguir siendo la que soy. He cedido hasta donde los cambios no influyeran en mi manera de entender la vida, sustituí la ropa que usaba por otra más actual porque sé que a ti te gustaba, mi peinado también, y el aspecto y el cuidado corporal.

»Deseé que te sintieras orgulloso de mí llevándome a tu lado, pero eso aparentemente no bastó. Tú querías más de lo que te podía dar, y de haber continuado transigiendo hubiera terminado desfigurando mi personalidad, como una sombra distorsionada por la imagen que mi propia figura proyecta, y no me apetece ser la sombra de nadie, solo ambiciono ser yo misma. Y ahora es mejor que te marches, tengo que ir a asearme y a desayunar; ya nos veremos esta noche en el mercadillo si quieres.

Marcial se fue y Candela se persuadió de que esa noche no proseguirían con la conversación entablada; él no tenía que acudir a los puestos del Malecón para nada, y caso de hacerlo, estaba segura que la compañía de Marina le haría desistir de cualquier otra inclinación que no fuera llevarla de paseo para charlar con Julio y Loli, y de paso pavonearse candorosamente durante un largo rato. Candela tenía una enemiga, y según las manifestaciones del propio Marcial, él cargaba con un problema y no menor; pero eso era una cuestión que no estaba en manos de ella el solucionarlo.

Marcial era consciente de su error, sin embargo mantuvo el convencimiento de que su actitud fue la adecuada, la de Candela era la que consideró inapropiada desde un principio, y por eso él decía ser la víctima a pesar de las tristes circunstancias en las que la abandonó a su suerte, cuando distaba mucho de ser aquella mujer autárquica a la que siempre admiró subrepticiamente.

Esa preocupación pasó a segundo plano, cuando por la tarde regresaron a la casa Loli y Marina con una información de última hora, la fábrica hortofrutícola había sido vendida recientemente a un grupo inversor y, una vez analizada la situación financiera de la empresa, los nuevos propietarios coincidieron en la inviabilidad de la misma y en la acuciante necesidad de capital que precisaba para su subsistencia. El nuevo equipo gestor decidió que era imposible reflotarla, y notificaron el cierre de la misma y el cese de sus actividades a partir de primeros del mes siguiente. Todos los empleados recibirían su finiquito y pasarían a depender del generoso paraguas de la seguridad social que, en el caso de ellas dos, únicamente contaba con las varillas y el mango por la inutilidad de su protección, al llevar trabajando allí apenas unos meses, y no tener por tanto derecho consolidado alguno que las resarciera.

Los sindicatos y el comité de empresa pusieron el grito en el cielo: «esquilman la fábrica y después la liquidan, y los beneficios en los bolsillos de los propietarios», se podía leer en una gran pancarta a la entrada de las instalaciones.

Una corriente de concienciación social se hizo eco de la magnitud de la catástrofe, injustificable por la forma en que se llevaba a cabo, e incomprensible en una región pionera y líder en un sector industrial del ramo de la alimentación, que tantos puestos de trabajo proporcionaba a su población. No había más que recurrir al tópico: «Murcia, la huerta de Europa».

Faltaban dos semanas, y los empleados y sus familiares se arremolinaron a las puertas de la empresa haciendo piña en señal de protesta, demandando soluciones que ofreciesen alternativas más razonables ante el negro panorama que se avecinaba. Marcial acompañó desde el primer día a Marina y Loli, junto con su amigo Julio pancarta en mano cumpliendo el horario establecido hasta entonces, solo que consumido en darle vueltas y más vueltas a las instalaciones fabriles como en una procesión, ya que los ocho últimos días que restaban para el cierre definitivo de la empresa, les fueron concedidos de vacaciones retribuidas a la totalidad de la plantilla. Las líneas de producción ya se habían detenido, y la maquinaria había sido desconectada de sus fuentes de energía.

Las manifestaciones se fueron sucediendo y las quejas subían de tono gradualmente según se acercó la fecha para el desenlace final, pero ninguna movilización consiguió variar el objetivo anunciado, y el fatídico día llegó para desgracia de todos; nada más se pudo hacer y nada se consiguió mediante la presión social ejercida. La fábrica mantuvo sus compromisos durante años hasta que también le llegó su hora; y es que no hay mal que cien años dure, ni siquiera en el ámbito empresarial.

Después de aquello Loli se dedicó a inspirar a Julio, haciendo de modelo en multitud de sus cuadros y convirtiéndose en su musa, y Marina, igual de desocupada que Marcial, se tornó depresiva ignorando cuantos estímulos externos pasaban próximos a ella, ausentándose de toda actividad al quedar recluida durante horas, a veces días, asediada entre el querer y el poder en el fondo de su habitación.

Siempre trabajó desde muy joven, y ahora la falta de un oficio la superaba, devanándose los sesos mientras pensaba qué camino tomar. Según ella el permanecer así por mucho tiempo no era vida, necesitaba estar activa y sentirse útil, para eso dejó su pueblo natal en Cuenca y se trasladó a Murcia a prosperar, y no a holgazanear y vivir dependiendo de un hombre; en eso era una calcomanía de la propia Candela.

Habló largo y tendido con su amiga Loli, valorando la posibilidad de volver a su tierra, a Castilla la

Mancha, y en particular a Las Pedroñeras, donde seguro que le saldría faena en la campaña de los ajos, y en su defecto si es que llegaba tarde se enrolaría en la de la recolección del azafrán, que tampoco le era desconocida; de modo que de una u otra manera trabajo por allí no le faltaría, si es que su hombre la acompañaba.

La monumental bronca se produjo cuando Marcial se negó con rotundidad a satisfacer sus propósitos; si ella no quería ser una mantenida, él no deseaba convertirse en un figurante arrastrado por su compañera sentimental, sin voz ni voto en los avatares propios de su vida. Su opinión debía contar al menos igual que la de Marina, y la planificación de su existencia seguiría dependiendo de él como siempre, sin dejar que le fuese impuesta por unas propensiones románticas, que anulándolo como persona acabe consumido en ellas.

—Si la tierra es para quien la trabaja, la vida debe ser para quien la vive —afirmó categóricamente el día en que tocó tomar la decisión.

Marcial le rogó que no se marchara, con su pensión vivían muy dignamente y no era necesario otro sueldo para atender a los gastos corrientes, pero Marina también le suplicó solo que en sentido inverso. Le razonó que ahí nada los retenía, y el irse juntos afrontando una nueva experiencia los rejuvenecería y los uniría más como pareja.

Todo el día se sustanció en esa diatriba hasta que llegó la noche sin haber puesto fin al dilema. Durmieron dándose la espalda en la misma cama procurando no tocarse, y la nueva luz del sol no evitó que ambos persistieran en sus mutuas posiciones de partida.

Quizás sea porque la vida es muy larga y el amor efímero, pero finalmente Marina se decantó por solucionar la suya, dejando una puerta abierta a Marcial en el supuesto de que se aviniera a rectificar su machacona opinión, si es que la quería tanto como decía respetarla.

A la siguiente mañana la acompañaron a la estación de autobuses de San Andrés, y subida en el coche que la llevaría a Las Pedroñeras se marchó con todo el respeto del mundo pero sola, muy sola, a decir de Julio y de su amiga Loli.

Marcial silenció el comentario, y volvió cabizbajo y meditabundo con el paso marchito como sus plantas de cuendas y el ceño fruncido; aunque ciertamente la naturaleza sabe guardar sus equilibrios, y cuando algo desaparece de un lugar concreto algo nuevo aparece en otro, como la energía que simplemente se transforma, ni se crea ni se destruye.

Fue un serio palo el que tuvo que aguantar. Ni en sus años mozos se había decantado por rebeliones sentimentales del estilo de Marina; lo más que a lo largo de su vida terminó acatando, y muy a regañadientes, habían sido los desproporcionados planteamientos de Candela que, en los momentos más álgidos de sus meditaciones, necesitaba un planeta para ella sola enteramente libre de contaminación... cuando de dilucidar la singularidad entre el yin y el yang se trataba.

CAPÍTULO 9

El canónigo

Son muchas las vidas y las vivencias que se van quedando por el camino según lo andamos.

Marina se acababa de ir, el amigo Mario desde que encontró su media naranja ordenó su existencia, acomodándose apoltronado en ella como un burgués de nuevo cuño, y Candela en solitario se mantenía con las telas y los pequeños abalorios a la venta, mientras sus antiguos amigos Rafael y Sonia se movían por la península, y su hermano Narciso pasaba a ser un conmovedor recuerdo en la memoria de los que lo conocieron.

Es difícil conseguir que los bandazos de la vida no afecten, pero igual de complicado resulta, que los que uno mismo da dentro de ella no influyan en el resto de los que nos rodean, y que incluso determinen absolutamente la nuestra.

Julio y Loli también se despidieron de Marcial, el marchante que se encargó de la representación del pintor le indicó la conveniencia de trasladar su residencia a Madrid, lugar en el que se dilucidaba todo lo concerniente al mundillo del arte pictórico, y en donde su patrocinado debía hacerse ver y darse a conocer debidamente. Julio no quiso desaprovechar esa oportunidad que la casualidad le brindaba, y pensó que lo mejor era trasladarse hasta allí a probar fortuna, y a relacionarse con la influyente vanguardia de artistas consagrados que en esos momentos creaban escuela dentro de su amalgamada profesión.

Un prolongado abrazo en la separación —llevando implícito el mensaje por parte de ambos de «aquí te seguiré esperando, amigo»—, y dos besos de despedida que Marcial le dio a Loli sellaron el compromiso de volverse a encontrar, mientras se ufanaba de que a partir de ese instante el piso quedaba por entero a su disposición.

Tras unos días en solitario se apercibió de lo desangelada que estaba la casa. No se acercaba en demasía por el mercadillo para no tener que coincidir con Candela, y permaneciendo en el piso se aburría soberanamente, dedicando más horas de las aconsejables a quedarse tumbado delante del televisor, tragándose interminables bloques de anuncios que lo ponían fatal de los nervios.

Una tarde escuchando uno de ellos se soliviantó tanto que decidió volver a escribirle a Mario como excusa para romper el hielo, y hacer una prospección en aras a retomar la amistad perdida. Las interferencias que provoca la entrada de una mujer en el corazón de un hombre, obligan a desplazar a un lado todo lo que de importante ocupaba antes ese espacio vital, reclamado ahora en exclusividad por la figura femenina. Pero a fin de cuentas el alejamiento se produjo por razones ajenas a ellos mismos, así que... ¿por qué no intentarlo?

No lo pensó dos veces y le envió una carta:

Amigo Mario, estoy indignado de escuchar imbecilidades en la televisión. ¿Creerás que he visto un anuncio en el que te apremian a comprar no sé qué, porque puedes ahorrar hasta un treinta por ciento? O sea que «puedes» pero no es seguro que lo ahorres, y tampoco el treinta por ciento sino «hasta» ese porcentaje.

Sabes que yo ante esas cosas me sublevo, me dan ganas de llamar y decirles: «¡oiga! ¿sabe usted que "un *sí pué ser* y un *no pué ser* son dos *pueseres*"». Y eso por no hablar del porcentaje de descuento que, si tras largas colas para comprar el producto, te descuentan un cinco o un diez por ciento como máximo pues mala suerte que has tenido. Pero podías habértelo llevado con «hasta» un treinta, por lo que el truco no invalida la campaña publicitaria; podrá ser engañosa pero no falsa. Solo me ha faltado llamar al anunciante y decirle también sin faltar a la verdad: «¡óigame señor!, que digo yo si tiene usted conocimiento de "que la madre del topo es su *topota* madre"»; y a ver quién tiene lo que hay que tener para contradecirme o denunciarme.

Bueno Mario, decirte que me acuerdo de ti, que vivo solo en un piso que antes compartía con otras personas, y que si te dignaras a venir a verme hablaríamos de nuestras cosas; por eso y con mucho gusto te invito a esta preciosa ciudad que ya la conozco casi como a la palma de mi mano, y te la podré enseñar perfectamente. Tómate unos días libres si puedes y vente para acá, que aunque ha pasado mucho tiempo desde la última vez que nos vimos sabes que mi casa es siempre tuya, y a pesar de que la tengo en régimen de alquiler, aquí está a tu entera disposición.

Sinceramente Marcial.

Diez días transcurrieron para que el buzón de las cartas a la entrada del edificio recibiera una, depositada por el cartero como respuesta a la que le dirigió a su amigo. No se lo podía creer. En la suya Mario le pedía disculpas, y le anunciaba que a la próxima semana en cuanto solucionara unos asuntos pendientes con los abogados, que ya le contaría más despacio a su llegada iría a pasar unos días con él.

Una postdata había en ella con el siguiente texto:

Y por tu santa madre Marcial, no me vuelvas a mandar más cartas de esas tan kafkianas que tienes por costumbre enviarme ¿eh? Que todo tiene un límite.

Un abrazo.

Mario aterrizó en el piso de la calle Sagasta, llamando al timbre de la puerta provisto de una maleta y de un equipaje de reducidas dimensiones. Marcial no cabía en sí de gozo cuando le dio un abrazo y lo metió para adentro de la casa, cogiéndole la maleta.

—Adelante Mario, que estás en tu casa. Por cierto vienes solo, ¿y tú mujer?

Eso era precisamente lo que su amigo venía a explicarle, la crónica de una esposa absorbente y posesiva que logró deteriorar la relación en un tiempo record, consiguiendo que su patrimonio también se esfumara con la misma celeridad en cuanto le puso la demanda de divorcio, quedándose ella con la vivienda, y obligando a su ex marido a mal vender el taller mecánico para liquidar la sociedad de gananciales, dándole la mitad de lo recibido por él según se decretó en el reparto de los bienes.

Un desastre en lo personal y un despropósito en lo económico, fue el resultado de aquel rutilante primero y relampagueante después matrimonio tardío.

—¡Si es que no debí casarme nunca! —protestaba ante Marcial mientras se servía una cerveza bien fría del frigorífico.

—Lo siento mucho Mario, nunca pensé que esa historia pudiera acabar así, fíjate que hasta llegué a convencerme que el error fue mío, llevándose por delante nuestra amistad por mi culpa. Imagínate lo equivocado que estaba, no te digo más.

—Nada Marcial, no te preocupes por eso, que ya es pasado. Ahora es cuando me pregunto el porqué las mujeres son tan recatadas cuando están vestidas, y tan desinhibidas una vez desnudadas, preparadas o no para entregarse al amor. Debe de ser porque se dan absolutamente sin otras consideraciones ni prejuicios establecidos, porque si no es así, el comportamiento femenino me supera en mi capacidad de comprensión.

»Quizás el hombre se da a medias, o simplemente no acaba de darse nunca, y tan solo se limita a aprovechar las ocasiones y a dejarse llevar; en tanto que la mujer es más decidida y radical. Debe de ser algo genético. Para ellas las medias tintas no existen, tanto les cuesta iniciar una relación como después darla por terminada, si es que su evolución natural sentencia que llegó a su fin; lo que sucede es que a cambio arrasan con todo, y dejan hecho un solar lo que antes era una próspero vergel. Algunas son como Atila, que por donde pisaba su caballo ya no volvía a crecer la hierba.

Y Mario opinaba que de haber vivido ese personaje en otra época histórica distinta debía de haber sido mujer, y no un simple bárbaro guerrero y conquistador.

—Bueno Mario, dejemos ese asunto por ahora y vámonos a comer, que después te enseñaré un poco de la ciudad para que te puedas mover por ella con facilidad, además que es mucho lo que tenemos que contarnos y tiempo habrá para eso —decapitó enérgicamente Marcial la conversación, utilizando el símil del despiadado rey de los Hunos.

Esa tarde pasearon por el centro de Murcia, mostrándole a su amigo los lugares más pintorescos y de mayor encanto, hasta que llegados a las inmediaciones de la Catedral, de manera inusitada Mario le indicó a su cicerone:

—Ven, vamos aquí al lado a los soportales, que en casa de los canónigos vive mi hermano Javier, lo trasladaron desde el Vaticano hace cuatro o cinco meses; ese es otro de los motivos por los que he venido a verte.

Marcial se quedó boquiabierto al abrirse la puerta, y ver a un religioso idéntico físicamente a su amigo Mario abrazarlo con efusivas muestras de cariño, para después saludarlo a él muy educadamente. Mientras lo miraba se cercioró de que los dos hermanos eran como dos gotas de agua, solamente distinguibles por las ropas que llevaban puestas. Hasta en la altura y en el peso coincidían simétricamente.

Marcial siempre supo de la existencia del hermano gemelo de Mario, pero nunca se lo llegaron a presentar porque de joven cuando se ordenó sacerdote se marchó a Roma, a proseguir allí con sus estudios sobre libros canónigos de la Biblia, y hasta ahora jamás tuvo la oportunidad de conocerlo en persona. Sabía por fotos y por boca de su amigo la similitud existente entre ambos, pero vistos así en vivo y de cerca le pareció tan sorprendente el mimetismo que el estupor se apoderó de su expresión facial, hasta que los sonrientes hermanos le indicaron que cerrara un poco la boca. A ver si así también fuera posible que los ojos le reentraran nuevamente en sus órbitas naturales, en lugar de salir despedidos por entre los párpados si es que era corto de pellejo.

Los tres bajaron a tomarse un café en la plaza del cardenal Belluga, y después el canónigo se introdujo en la Catedral para oficiar la santa misa, una vez dedicada la media hora previa al sacramento de la confesión, en el locutorio ubicado en un lateral de la capilla de los Vélez.

Un cuarto de hora después entraron ellos pasando junto al confesionario de Javier, en el que una mujer arrodillada se arrepentía de sus faltas ante Dios por medio de su discípulo en la tierra, para acto seguido recibir la penitencia y serle concedido el perdón de sus pecados, con aquella frase que recordaba desde su juventud... *«ego te absolvo a peccatis tuis in nómine Patris, et Filii, et Spiritus Sancti amen»*.

Mario la observó primero de lejos, arrodillada mientras le confesaba al sacerdote sus pecados, y después una vez reparando en ella más minuciosamente, la vio llevar a cabo el acto de contrición ante el hijo de Dios arrepentida, haciendo propósito de enmienda como mandan los cánones.

No entendió el porqué de ese repentino interés por aquella señora, pero Mario insistió en permanecer allí un poco más de tiempo hasta que todo el ceremonial finalizara. La mujer en cuestión se quedó a la conclusión de la misa que Javier celebró tras las confesiones, y una vez acabados los rituales los dos amigos salieron a la calle detrás de la mujer, siguiéndola despacio a una distancia prudencial. Una céntrica cafetería acogió la presencia de la dama, y ellos alejados unas decenas de metros entraron con posterioridad a tomarse algo, situándose en el fondo para que ella no se apercibiera de su presencia, solicitándole al camarero un par de combinados.

Excepcionalmente el canónigo aceptó salir esa noche a cenar con su hermano y su amigo por razones de cortesía, y como el secreto de confesión era inviolable y sagrado, solo le pudo comunicar a Mario que esa feligresa acudía tres tardes por semana en días alternos a confesar y a escuchar la santa misa, comulgando una vez había sido redimida.

Al despedirse del religioso ya de anochecida, Marcial llevó a su amigo al Malecón, quería presentarle a Candela, de la que Mario estuvo siempre sobradamente informado, así como de lo que llegó a representar en determinados momentos en la vida de su amigo;

aunque nunca llegó a conocerla personalmente. En el mercadillo estuvieron departiendo durante mucho rato, hasta que finalmente ya de madrugada aprovecharon el cierre de las instalaciones para acompañar a Candela a su casa, y acabando de dar el paseo irse ellos también a la suya a dormir.

Mario se instaló en la otrora habitación de Julio, y sus ojos se cerraron al unísono mientras tramaba algo esto sí que totalmente inconfesable, ante la imagen que en su retina le dejó grabada de la mujer de la Catedral. Lo más que le pudo sonsacar a su hermano es que se llamaba Bárbara, y que era una señora felizmente casada con un marido muy cristiano, de familia respetable y ejemplar feligrés como ella.

Mario se quedó con la copla de su nombre, porque pensaba que este le hacía los honores perfectamente a su apariencia física.

—Tenía mucha clase, era toda una señora y ¡estaba Bárbara! —se dijo mientras se ponía de lado en la cama para quedarse profundamente dormido.

Al día siguiente una vez relatadas mutuamente las últimas novedades, y admitiendo haberse puesto al día de una forma concisa por ambas partes, Mario expuso la nefasta experiencia con su ex mujer Mari Carmen, y peor todavía que con ella con su abogado, un afamado matrimonialista que le sacó todo lo que pudo hasta dejarlo casi con lo puesto y poco más. Marcial también le contó la historia de Marina, y la relación con Julio y Loli de la que su amigo no sabía absolutamente nada, desayunándose con ese relato novedoso para él, y lamentando que también hubiera tenido el deplorable final del que ahora estaba tomando plena conciencia.

Esa noche salieron a cenar y a tomarse unas copas por ahí, al vino le siguieron tres whiskys en otros tantos lugares, y Mario empezó a no atender a razones zarandeado por un pensamiento que se transformó en obsesivo, trepanándole el cerebro como una broca agujerea la pared.

Le confesó a Marcial que se encontraba igual de expectante que ansioso porque llegara el día siguiente, miércoles, y con la excusa de acercarse a ver a su hermano comprobar que la tal Bárbara acudía a confesarse, y a asistir al oficio de la misa de ocho; esa tarde él procuraría aparecer por allí otra vez.

Marcial lo dejó por imposible, pero Mario muy dispuesto así lo hizo, y como un reloj se clavó en un banco del templo sagrado, desde el que podía ver con todo lujo de detalles el confesionario y los dominios de su hermano gemelo Javier, tan religioso como siempre y tan escrupuloso como nadie.

La escena se repitió con respecto al lunes, y Mario se quedó en estado catatónico, inmóvil y casi sin poder parpadear en el banco, perdiendo la noción del tiempo y el ritmo de su propia voluntad. Aquella efigie de mujer lo sobrepasó ampliamente y, ya que su ex lo dejó «*in albis* y sin blanca», pensó que con esta sucedería lo que Dios y ella quisieran. A fin de cuentas no le podría ir peor, porque lo último será tener que dormir debajo de un puente, o caso de llegar a cometer algún delito grave, que lo detuvieran con todo el atalaje y lo llevaran preso a comisaría.

Divinizó y endiosó a aquella mujer, situándola en un pedestal más alto que aquel en el que ella misma tenía depositada su fe, se fue sugestionando con su imagen incomprensiblemente, y la ofuscación llegó a tal extremo que se propuso seguirla de incógnito, indagando en sus costumbres como un buen detective hace siguiendo el encargo de su cliente.

Bárbara se confesó con su hermano, oyó la santa misa que este celebró a continuación, y después salió de la catedral para ir a un piano bar a la espalda de la calle Platería, próxima al templo y muy céntrica y afamada; era el núcleo urbano principal de una de las partes más antiguas de la ciudad.

Allí se adentró Mario unos minutos después que ella, y viéndola ya sentada en la barra frente a un *cubalibre* de ginebra se fue hasta el fondo del local, donde una mesa medio disimulada tras una columna le garantizaba el no ser detectado, a sabiendas que si su estancia allí fuera percibida el susto sería descomunal, ante el más que gigantesco parecido físico que con su hermano Javier tenía. Eso era lo que le impedía aproximarse a ella aunque solo fuera para hacerse el encontradizo, y procurar entablar una conversación iniciática que le descubriera los secretos de su interesada pasión por esa mujer.

«Largo me lo fiais amigo Sancho», reprodujo mentalmente la célebre frase del Quijote, pensando que por una parte el ser gemelo de su hermano le dificultaba sus proyectos, aunque según lo que en su ensombrecida mente estaba incubando, eso tendría que favorecer sus pretensiones por una doble vía: la de poder informarse de aquello por lo que tanto se confesaba, y también que llegada la hora de poder identificarse ante ella como quien realmente era, cierto trecho del camino ya lo consideraba andado, por la santificadora imagen que de su hermano esa dama de tanta categoría ya tenía creada por adelantado.

Se sorprendió al ver que al poco tiempo un hombre de mediana edad entró en el piano bar, y dándole un par de besos se sentó junto a ella en la barra pidiendo lo mismo que Bárbara estaba tomando. Por los gestos y las carantoñas que se intercambiaron, se notaba bien a las claras que no era su entrañable marido, aunque la familiaridad con la que se trataron y la atracción que por sus muecas y sonrisas se intuía, esclarecían sin llegar a escuchar la conversación mantenida que se trataba de alguien muy afín, muy especial que diría su amigo Marcial; vaya, que ahí o había una infidelidad matrimonial, o los dos estaban deseosos de que la hubiera.

No tardó mucho en corroborarlo, cuando siguiéndoles una vez afuera del piano bar los vio adentrarse en el Hotel Hispano, justo a la espalda de la calle Trapería. Disimuladamente entró en la recepción para comprobarlo más de cerca, viendo cómo el ascensor que los subía a la habitación se detenía en la segunda planta. Estaba claro que era un amor prohibido, compensatorio de algún fleco suelto dejado al azar en su matrimonio, con el que se resarcía mediante discretas citas de hotel a espaldas de los hombres, que no de Nuestro Señor.

Mario no cejó en su empeño, y pudo testificar que las confesiones y las misas a las que acudía tres veces a la semana, no tenían otro objetivo que enmascarar una relación adúltera que en modo alguno le perdonaría el buen Dios, siempre y cuando la mantuviera continuada en el tiempo. ¡Cuánta santidad derrochada en beneficio de la debilidad de la carne! Si bien en esos encuentros lo carnal era lo importante y el asunto religioso lo accesorio, «que no todo iba a ser llegar y besar el santo».

Mario fue haciéndose una composición de lugar lo más exacta que pudo a la realidad que contempló, y se decidió a tejer con aquellos mimbres el mejor cesto que pudiera trenzar, de modo que comenzó a ingeniárselas para cerrar el círculo vicioso, en el que él pudiera tener opciones a una fracción del protagonismo.

No se le ocurrió nada más descabellado, que sustraerle a su hermano Javier los hábitos religiosos con los que se vestía para prestar los servicios en la catedral, ahora solo le quedaba encontrar el momento oportuno de usarlos, suplantando la identidad del canónigo para acumular toda la información posible y de primera mano por parte de Bárbara, en aquello que él ya había contrastado como una segunda esencia oculta de esa mujer.

Urdido el plan convenció a Marcial para salir en un coche prestado a tomar café arriba del monte, frente al Santuario de la Virgen de la Fuensanta, lugar que su hermano siempre deseó visitar desde su llegada a la ciudad por tratarse de su patrona. La complicidad de su amigo fue determinante, y una vez allí salieron a dar un paseo hasta los «monjes de la Luz», y de paso comprarles un poco de chocolate de fabricación casera, con cuyo producto ayudaban al culto y a su propio mantenimiento. Mario comentó que mejor él se quedaba reposando en el coche, mientras ellos dos hacían ese elogiable encargo.

En cuanto los perdió de vista regresó a Murcia en el coche cedido a Marcial, y enfundándose en los hábitos se hizo pasar por su hermano gemelo, dirigiéndose al confesionario en cuyas proximidades ya aguardaba alguna devota. Al pasar junto a ellas tocó con dos dedos el hombro de Bárbara, indicándole que se arrodillase en el lateral del locutorio mientras él se sentaba en su interior, besando y colocándose la estola por los hombros.

La entereza que en apariencia demostraba fue portentosa, aunque la procesión iba por dentro y estaba totalmente reñida con la realidad, ya que casi no podía dar un paso por el temblor de sus rodillas, hasta el punto que se le doblaron al penetrar en el confesionario; pero una vez se acomodó en su interior se sobrepuso al haber constatado la impunidad de la que estaba revestido, arropado entre los hábitos de su hermano y el físico, que se correspondía plenamente con el titular de aquella liturgia sagrada que se disponía a impartir.

—Ave María Purísima —dijo en voz muy baja y tono ceremonial.

—Sin pecado concebida, respondió la penitente…

En aquellos diez minutos, dejando hablar primero y preguntando por detalles un poco más escabrosos después, el hermano del canónigo satisfizo con creces su malsana curiosidad, y acumuló una información privilegiada y una sapiencia personal, como para poner en un serio aprieto el indisoluble vínculo del matrimonio que aquella mujer lucía tan a gala, abanderándolo con orgullo hasta sus últimas consecuencias.

Impuesta una superficial penitencia de trámite, Mario se excusó por unos instantes saliendo del templo para ya no regresar. Fue al piso de Marcial, escondió rápidamente la sotana negra ribeteada de morado de su hermano Javier, y vistiéndose nuevamente con su propia ropa se dirigió en el coche hacia el Santuario a unos quince minutos, en donde su hermano exigía explicaciones nervioso por la hora que se había hecho, en la que ya debería estar oficiando la santa misa en la catedral.

Nunca Javier fue un servidor de la Iglesia que perdiera los papeles con facilidad, tampoco era hombre de emplear palabrotas para descargar su mal humor, pero en esta ocasión si liberó alguna que otra de las consideradas veniales recriminando a su hermano su inexplicable actuación, por más que este se justificó alegando que el coche se calentó inesperadamente, y tuvo que buscar agua para llenar el radiador que se encontraba seco, y echando humo a través del capó, por lo que tuvo que ajustar una arandela del manguito que fue la culpable de que esta se evaporara. Y todo ello gracias a que él era mecánico, porque caso de haberle sucedido a Marcial no habría tenido más remedio que llamar a una grúa, y llevar el vehículo al taller para su reparación.

Regresaron los tres, y dejaron al canónigo más acelerado aun que el auto en la puerta de la catedral, y emprendiendo el camino para devolver el coche a su propietario, Mario se flagelaba, «¡anda que ya me puedo buscar un buen sacerdote que me confiese a mí, porque lo que he hecho tiene usía! Esto sí que ha sido un pecado mortal y de los gordos… como la penitencia vaya en proporción a la falta me tocará rezar durante un mes completo». Sonreía con una mueca dibujada en la comisura de los labios entre burlona y de preocupación.

Marcial montó en cólera, una vez que conoció las artimañas que su amigo había utilizado para un objetivo tan bastardo, si bien después de salir a tomar unas cervezas bordeando La Plaza de las Flores y la de Santa Catalina, la consideración de la gravedad de su actuación fue remitiendo en proporción inversa a las cañas de cerveza consumidas, y cediendo aunque eso sí por última vez, para en cuanto fuera posible ayudar a Mario a reintegrar las ropas del hermano a su armario original, o como diría el erudito del canónigo utilizando una locución latina, a colocarlas *in suo loco*.

Pasados unos días dejando enfriar el asunto, llegaron al domicilio de Javier en los soportales con el hábito camuflado en una bolsa para volverlo a poner en su lugar, donde el hermano de Mario los recibió con frialdad recogiéndoles la bolsa que portaban. Había echado en falta la sotana de su percha, y cierta manifestación de una mujer que le preguntó por la inusual penitencia que le impuso la última vez que la confesó, dejaron en evidencia esa original estratagema utilizada para usurpar la identidad del religioso; y eso no lo podía tolerar en modo alguno.

—Hasta aquí has llegado hermano mío —le dijo Javier dándole su bendición—. Que Dios te perdone pues yo mismo ya lo he hecho, pero a partir de ahora te ruego que no vuelvas a verme más; este recinto queda vedado para ti y te prohíbo aproximarte a él. Te deseo la mejor de las suertes en tu vida, Mario, pero es mejor separarnos y dejar las cosas como están. Has profanado la fe, el templo y el espíritu de Dios; ya no nos queda otro lazo además del fraternal, adiós hermano.

Sin duda aquel acto insensato mató la gallina de los huevos de oro. Mario y Marcial salieron de la casa del canónigo, y la puerta se cerró tras ellos para no volver a abrirse nunca jamás.

CAPÍTULO 10

La casa de la huerta

Los dos amigos retornaron al piso de la calle Sagasta, refunfuñando Mario por la bronca recibida de su hermano —este le había prohibido aproximarse a Bárbara—, y tal y como se desarrolló todo comprendió que era lo mejor. Ya disponía de un marido y un amante. ¿Es que no tenía suficiente con dos, y aceptaría la injerencia de un tercer hombre en discordia? Ella era cristiana practicante y en su juventud muy devota; de hecho fue en la Iglesia donde conoció a su marido inmersa en actividades extra religiosas.

—Una señora así es lo que yo necesito, y no el muermo de la ex que me tocó en suerte y, claro, con razón duró lo que duró... me habría amargado la vejez —apostilló caminando abatido.

Marcial le pasó su brazo por el hombro, dándole ánimos a la vez que le preguntaba:

—¿Me quieres decir que te contó esa mujer en el confesionario?

Mario girando la cabeza le lanzó una sonrisa irónica.

—¿Tú nunca oíste hablar del secreto de confesión? ¡Sacrílego! O es que pretendes que cometa perjurio.

Por el amigo que le prestó el coche a Marcial, Mario supo de un taller de reparaciones donde ofreció sus servicios como experto mecánico, y en el que acabó integrándose envuelto en un mono azul, y cubierto de aceite y grasa de la cabeza a los pies. El dinero era imprescindible para vivir, y él solo tenía conocimientos en ese ramo en el que se desenvolvió durante toda su vida.

Quien realmente no sabía qué hacer ni qué decisión tomar era Marcial. No deseaba quedarse de amo de casa como un jubilado más, pero tampoco sus ideas le abrían un camino por el que transitar reanimando su conciencia, y buscándole una ocupación al tiempo libre del que disponía que lo regresara al mundo de los hechos y los provechos.

Marina no daba ninguna señal de acordarse de él, parecía haberlo olvidado completamente, y eso en su mentalidad lo consideraba algo totalmente incomprensible.

Quién sí se dignó a escribirle fue su amigo el pintor, informándole que todo le marchaba viento en popa, pintando más y más cuadros para un par de exposiciones relevantes a las que se comprometió con dos galerías de arte, y también le mandaba un beso de parte de Loli. Le decía que se aprendiera bien su nombre —Julio Magostera— para poder seguirlo en los medios especializados cuando fuese famoso y cotizado. Aseguraba también que cuando volvieran a verse, le regalaría encantado un cuadro suyo en reconocimiento de su sincera amistad.

Marcial se alegró mucho leyendo esa carta, a pesar de que una vena nostálgica y de melancolía se le marcó en el cuello, fluyendo los sentimientos a través de ella hasta inundar su cabeza, donde la emoción empezó a aflorar lacónicamente.

El horario de un mecánico como Mario le ocupaba diez horas diarias, por lo que él se encontraba solo en el piso, sin nadie con quien conversar ni nada que le ocupara los días. Empezó a adquirir costumbres rutinarias que lo transportaron al mundo real, pero que no mitigaban su sensación de aislamiento. Los lunes, miércoles y viernes acudía por las tardes sin decirle nada a su amigo al piano bar, donde Bárbara seguía citándose con aquel señor con el que después se iba al hotel, y terminó dándose cuenta que según pasaba el tiempo las salidas de los dos hacia esa habitación disminuían en frecuencia, quedándose allí tomando un par de copas, y en muchas ocasiones despidiéndose tras un rato de amigable charla, sin otras connotaciones más profundas y viscerales. Daba la impresión que aquel sentimiento se iba apaciguando lentamente con el paso del tiempo, y Marcial intuía que al final no pasaría de ser más que una buena amistad entre dos personas de distinto sexo, en detrimento de la relación pasional adjudicada desde sus inicios. Ese bar de copas se encontraba en plena efervescencia, contando con una masiva afluencia de clientes que diariamente entraban y salían de él con todo tipo de fines, en su totalidad terrenales; por lo que pasar desapercibido entre aquella pequeña multitud estaba garantizado de antemano.

El resto de las tardes Marcial se acercaba hasta el Malecón, donde saludaba y hablaba con varios colegas conocidos, para luego acompañar a Candela en su puesto a veces durante horas. Su relación con ella se transfiguró en una especie de paternalismo, que le hizo erigirse en su mayor y mejor confidente; ella también conocía al dedillo casi todas las vicisitudes por las que Marcial atravesaba en cada momento.

En ocasiones, los dos se preguntaban cómo llegaron a perder el interés y el ardor para centrarse exclusivamente en el querer. Ambos se querían pero no se amaban. Faltaba la chispa que empleada como espoleta hiciera surgir la pasión, y eso teniendo en cuenta las inclinaciones sexuales de Candela era verdaderamente difícil, por no calificarlo de imposible.

Una noche Candela le comunicó que justo detrás del Malecón, en la carretera de La Arboleja, una pedanía de la ciudad plagada de huerta y de caminos comarcales, alquilaban a muy buen precio una casa en planta baja, con un huerto de unos trescientos metros donde cuatro limoneros y dos naranjos daban sombra en verano, y surtían eficientemente de vitamina C los cortos meses de invierno a sus moradores.

—Marcial, ¿porqué no la alquilas?, eso es lo que siempre has querido, ve a verla por si te interesara; es muy barata, casi lo mismo que estás pagando ahora por tu piso.

Noches después Marcial le confesó que acudió a ver la casa, claro que le gustaba tal y como le anticipó Candela. Ella le comunicó que Rafael y Sonia le habían pedido más bolitas de cuendas con las que fabricar sus manualidades, que en Benidorm se vendían como rosquillas, no pudiéndoselas enviar por no tenerlas: solamente le quedaban unas pocas guardadas en una bolsa, y esas eran el recuerdo de su vida con Marcial, negándose a desprenderse de ellas.

Igual ese fue el acicate, porque Candela insistía en no querer ir a vivir con él a esa casa. Sobretodo porque lo pasado, pasado estaba, y no era prudente reproducirlo otra vez; amén de por la falta de medios para compartir los gastos. Sí que aceptó que unas pocas de esas cuendas se las regalaría caso de quedarse con ella, estando dispuesta a dárselas para plantarlas, y volver a poner de actualidad los originales atrezos que tanto éxito alcanzaron en colgantes, pulseras, cinturones, pendientes... y un sinfín de usos más entre los que se incluían los elaborados rosarios. Marcial pensó que a quién mejor que a Javier, el hermano gemelo de Mario, le podría regalar una artesanía así basada en su religión y fundamentada en el cristianismo.

Así lo decidió, y así se lo comentó a Mario con detalle para evitar malentendidos, ya que su intención de una u otra manera es que Candela se fuera a vivir con él a esa casa de la huerta, y no su amigo del alma. Ciertos roces y discrepancias surgieron entre ellos, si bien finalmente la sensatez se impuso, asumiendo que cada uno era libre para enfocar su vida con arreglo a cómo mejor prefiriera hacerlo.

El disgusto en consecuencia no fue para tanto.

Trasladado a la casa Marcial quiso dar una pequeña fiesta de inauguración. El viernes a partir de media tarde sería la fecha escogida más idónea, ya que era un día festivo en el que el mercadillo no funcionaría hasta la tarde del sábado. Todos sus conocidos del Malecón se encontrarán liberados de acudir a los puestos, y podría invitar a quién quisiera. Es más, esa tarde oficialmente plantaría junto con Candela unas pocas bolas de cuendas entre los dos naranjos, con cuya ofrenda iniciaría una nueva etapa de su vida, quizás la más motivante y prometedora de todas.

Mario pidió la tarde libre en el taller para ir a la fiesta de su amigo Marcial, y mientras hacía tiempo por no ser el primero en llegar se le ocurrió acercarse a la Catedral. Fácilmente a eso de las siete y media aparecería por allí Bárbara para confesar y comulgar con su hermano Javier, y tentando a la suerte se dispuso a identificarse como quien en realidad era, y a intentar entablar una relación de amistad con ella.

Penetró en el templo y enseguida la vio sentada en el banco junto al confesionario de su hermano, haciendo tiempo a que se iniciara el culto religioso. Se acercó sentándose a su lado, Bárbara lo miró muy extrañada diciéndole en voz baja:

—Padre Javier. ¿Qué hace usted aquí?

—No soy el reverendo —contestó susurrando—; soy su hermano gemelo, Mario…

Eso decía en el instante en que aparecía el canónigo, que haciendo las presentaciones de rigor le preguntó:

—Hermano, ¿a qué has venido?

Mario aguardó al final de los santos oficios, y saliendo a la calle tras la dama la abordó directamente en la puerta…

—Venga usted, la invito a tomar algo en algún bar de por aquí; estoy recién llegado a la ciudad y no la conozco aún... pero algún sitio habrá donde le pueda explicar la historia de mi hermano Javier y mía ¿no? Créame que comprendo su curiosidad.

—No se preocupe Mario, yo conozco un piano bar aquí cerca, vayamos hasta allí a tomar un café.

—Bien, encantado, pero no me digas de usted y tuteémonos, que ese tratamiento es el correcto para el canónigo, pero demasiado ceremonioso para mí.

En la barra del piano bar, Mario hablaba y hablaba de todo lo concerniente a la carrera eclesiástica de su hermano gemelo, y de cómo a lo largo de su vida siempre fueron confundidos el uno con el otro, hasta cuando su madre los mandaba a comprar una barra de pan, aunque nunca compartieron una novia en común, porque Javier se internó muy joven en el seminario, y no tuvimos oportunidad de trapichear con esa clase de anécdotas tan divertidas.

Ambos rieron el chascarrillo dándole un sorbo al vaso de whisky, cuando Mario vio frenarse en seco la sonrisa de la boca de su acompañante, quedándose con la mirada petrificada en la puerta de acceso al local. Giró la cabeza, y un hombre ya de espaldas salía cerrándose otra vez la puerta tras él; sin duda era quien creía que era, y al verla en compañía de otra persona optó por la retirada por miedo a ser identificado.

Mario aprovechó la ocasión para pedir dos whiskys más, esta vez con un refresco de cola, y ofreciéndole su copa a Bárbara brindaron por su llegada a Murcia, y por la recién iniciada amistad entre ellos. La bebida fue surtiendo efecto y las bromas y las risas se generalizaron a lo largo de esa media hora, hasta que Mario se armó de valor para invitarla a acudir a la casa de un amigo, que esa noche precisamente daba una informal fiesta con motivo de su traslado a ella.

La mujer se lo estuvo pensando durante bastante tiempo, desconfiaba mucho en un principio, si bien finalmente accedió poniendo una condición: que su hermano Javier los acompañara, y bendijera la vivienda con un breve y sencillo acto religioso.

Pasaron por los soportales de la Catedral, y el canónigo a regañadientes se plegó a sus ruegos, haciendo la salvedad que tras el acto no se quedaría a la celebración pagana y volvería otra vez a su domicilio. No estaba lejos, a la casa de la huerta se llegaba en menos de un cuarto de hora a pie, justo a la espalda del Malecón; no había ni que cruzar a la otra margen del rio Segura.

Entretanto a aquella casa la única persona que llegó con su bolsita de cuendas fue Candela. Eran ya las ocho de la tarde y nadie se había presentado todavía en aquel sitio. Marcial plantó y regó las semillas entre los naranjos, y después los dos entraron a la casa para celebrarlo. Candela había traído de regalo un pequeño buda, que situó de figura decorativa en la repisa de la chimenea como un adorno más del salón.

—Marcial —dijo Candela con cara de extrañeza—, ¿no te parece raro que no haya venido nadie?

—Es que no los invité. Únicamente se lo comenté de pasada a mi amigo Mario por gusto pero sin convocarlo tampoco; deseaba aprovechar este momento tan especial para estar una noche a solas contigo ¿Me perdonas verdad? —dijo Marcial abrazándola enardecido, y dándole un profundo beso en la boca—. Candela te quiero, quédate a vivir conmigo y formemos de nuevo una pareja feliz y armoniosa; me gustas y te deseo. Lo sabes…

—Marcial, te propongo un juego nuevo que nunca nos hemos atrevido a practicar, no sé si por decoro o por falsa dignidad: aprovechando que tenemos toda la noche para nosotros solos, ¿porqué no montamos una escena tipo sadomaso que nos transporte a vivir una experiencia nueva, distinta de todas las que hasta la fecha hemos probado ya?; simulemos un pseudoforzamiento con una puesta a punto de lo más convincente como si fuera real. Tú haces de acosador violentándome, y yo me resisto con todas mis fuerzas y a ver cómo acaba; será de lo más excitante. Eso sí, vamos a poner una palabra mágica que será «detente», si tú o yo la pronunciamos por cualquier razón lo paramos todo y se suprime el proceso, se encuentre este en el punto en que se encuentre; ¿de acuerdo?...

A Marcial se le antojó rarísimo la curiosidad que a esas alturas Candela mostraba, queriendo darse un capricho seguramente soñado y no exento de ciertos riesgos, para no encajonarse en aquello que a lo largo de toda la vida fue tradicional y placentero. Creyó peligroso superar determinados límites más próximos a la locura que a la cordura, pero su interés era tal que no supo negarse a ese planteamiento inadecuado por demás, y excesivo desde todos los puntos de vista que se mirara según su entender; no obstante aceptó el envite, y los dos se prepararon como quien aguarda a escuchar el sonido de la claqueta, y comenzar a rodar una película morbosa y casi de cine X.

Se inició la actuación en dónde minutos lo habían dejado, volviendo Marcial a abrazar a Candela besándola profusamente, y entrelazándola con sus brazos por el talle y el cuello.

Candela comenzó un forcejeo queriendo soltarse de los brazos de Marcial, que ya se movían arriba y abajo manoseando toda su anatomía, y ante la imposibilidad física de separarse de él, empezó a elevar la voz mientras le rogaba que la dejara libre de sus nerviosas manos, y de sus impúdicas intenciones.

—¡Marcial! —gritó con rabia—. Somos amigos y nada más, eso es algo que los dos tenemos muy claro… ¡suéltame!

Marcial aparcó su actitud avasalladora por un instante para ofrecerle una copa, a lo que ella se negó haciendo un brusco ademán de ir hacia la entrada para marcharse de allí. Una mano sobre la puerta impidiendo que se abriera, y la otra amenazante y acosadora haciéndose fuerte sujetando el cuello de Candela la obligaron a seguirlo camino de su dormitorio, en el que se sumió en un estado de histeria que le provocó gritar lo más alto que pudo, y proferir alaridos que en mitad de la huerta nadie escuchó.

—Venga Candela, que peores cosas has hecho tú en la vida y hemos llevado a cabo juntos los dos. Déjate de mojigaterías que quiero hacer el amor contigo, así que mejor colabora y aparca ese puritanismo en el que últimamente te enrocas, si sabes que al final te acaba gustando… ¡Ah! y no te molestes en seguir chillando, que aquí cada casa está situada a medio kilómetro la una de la otra. Nadie conoce lo que sucede en los interiores de cada una de ellas, y menos aun en la intimidad de sus dormitorios.

Candela se resistía desesperada si bien ya era tarde para ello, un enérgico tirón del vestido despojó a su cuerpo de él, y las ansiosas manos de Marcial consiguieron eliminar todo vestigio de ropa interior, quitándosela él también mientras Candela yacía desnuda sobre la cama.

Unas llamadas en la puerta de la casa, y unas voces que atrajeron la atención de su inquilino interrumpieron la escabrosa escena, escuchándose desde afuera a Mario clamar:

—¡Marcial abre, somos nosotros; mi hermano Javier y yo!

No contaba con esa incómoda visita, y lo inesperado de su presencia detuvo momentáneamente lo que ya en la práctica casi había conseguido. Dejó encerrada a Candela en la habitación ordenándole que no llamara a nadie, y que no abriera la boca mientras despachaba rápidamente a su amigo para regresar con ella, y acabar el juego recién suspendido a la mitad.

Mario entró en el salón extrañado por la soledad de su amigo.

—¿Y la fiesta, cómo es que no hay nadie? —preguntó una vez le hubo presentado a Bárbara, que arropada por su hermano Javier miraba detenidamente todos los rincones de aquella rústica construcción, cerciorándose de lo que su amigo decía.

Marcial se excusó alegando un fuerte dolor de cabeza, y un incipiente cuadro febril que lo obligó a suspender la inauguración para guardar cama preventivamente, intentando que el resfriado no fuera a mayores.

El canónigo poniéndose la estola por los hombros, y con los dedos haciendo en el aire la señal de la cruz, dijo aquello de «Dios bendiga cada rincón de esta casa», declarándola oficialmente como un nuevo hogar cristiano al servicio de Dios. Simultáneamente, un grito salido de una garganta rota y dolorida despertó la atención de los visitantes.

—¿Qué fue eso? —preguntó una sorprendida Bárbara, pretendiendo adivinar de dónde provenía el sonido.

Mario vio la figurita del buda encima de la chimenea, y empezó a comprender algo que estaba fuera del alcance de los demás, y penetrando hasta el fondo de la casa abrió la puerta del dormitorio de su amigo, en el que una acurrucada Candela tirada sobre el suelo procuraba cubrirse con un vestido rasgado, a la vez que lloraba como una Magdalena.

Llamaron al teléfono de atención a la mujer y una dotación policial se presentó en menos de cinco minutos. Un examen médico exploratorio y una posterior denuncia, hicieron posible la llegada de Marcial a comisaría en calidad de detenido, para ser puesto a disposición judicial en las siguientes horas.

Por aquellos parajes casi nunca sucedía nada de particular, por lo que el escándalo fue mayúsculo entre el vecindario y entre toda la pedanía en general. Se escuchaba comentar a los vecinos en el cruce de los carriles que recorrían las parcelas de labranza «son bohemios de esos del Malecón, los *hippies* esos que fuman porros y escandalizan. ¡Hasta un cura de la catedral tuvo que venir en auxilio de la pobre muchacha! Si es que no pueden ser buena gente no, al final siempre se meten en líos... », aseveraban entre murmullos y rumores de toda condición.

Candela retiró la denuncia dando marcha atrás y desdiciéndose de sus anteriores declaraciones. Consideraba que Marcial pudo haber estado sometido a una presión mayor de lo que su capacidad de autocontrol podía soportar, pasando por sufrir un episodio puntual de enajenación que le hizo llegar a esos extremos tan dramáticos para ella. Arguyó que se trataba de un juego sexual consentido por ambas partes y voluntariamente aceptado, por lo que no había causa para proseguir con los trámites judiciales.

Con sus altibajos y con mayor o menor intensidad en el trato y en la relación, ya llevaban unos tres o cuatro años juntos y eso, más los bondadosos sentimientos de Candela, inclinaron la balanza en favor de Marcial que más que mala gente era un poco insensato e hiperactivo, y en ocasiones muy imprudente para lo que por aquellos andurriales se estilaba.

Aun así en la vista de oficio, Candela alegó que fue ella la que instó a Marcial a ejecutar esas prácticas sexuales por las que sentía una especial inclinación, simulando forcejeos acompañados de fuertes exabruptos que pueden inducir a pensar en episodios de violencia de género para quien no los practica, pero que fue algo voluntario y consentido por los dos, ya que Marcial no sería capaz por sí solo de llevar a cabo esa clase de manifestaciones tan primitivas y rudimentarias; de modo que no había caso, aunque sí pidió perdón y mil disculpas por el jaleo que se formó. El resto de los que estuvieron presentes, canónigo incluido, convencidos que de haberse tratado de algo real hubiera sido imperdonable y mucho menos por la propia Candela, admitieron la versión refrendándose en ella, y eso supuso que la causa considerada como un lamentable incidente se archivara, quedando en la memoria como una simple y desgraciada anécdota de pareja.

Mario recuperó la costumbre cuando su trabajo así se lo permitía de acudir a la Catedral, aquellos días alternos en los que sabía con certeza que coincidiría con Bárbara, y como las costumbres hacen leyes, terminó por confesarse él también con su hermano, y escuchando la santa misa junto a la mujer que le gustaba, comulgando después muy formalmente los dos al alimón.

Por segunda vez observó el movimiento en el piano bar, de aquel sujeto que entraba y salía con precipitación cuando Bárbara no se encontraba sola esperándolo, por lo que decidió aventurarse y preguntar a su amiga por la identidad de ese misterioso hombre, que parecía inabordable.

—Nadie, no es nadie —replicó ella a su cuestión—; solo es un temeroso de él mismo que no merece ni su propia consideración. Una persona a la que le pudo su cobardía, y por tanto no era acreedor a continuar formando parte de su mundo —remató la frase visiblemente dolida y con algo de solemnidad—. Mejor que continúes con tu relato Mario, y olvídate de ese hombre como he hecho yo.

En el fondo de su alma, Mario quedó encantado al escuchar esas palabras de la boca de Bárbara. Un sano orgullo acompañado de una honda satisfacción recorrieron sus venas hinchando su pecho de alegría y felicidad; esa frase pronunciada por aquella mujer de bandera, objeto de sus deseos y deseo de su corazón le sonó a música celestial.

Se alegró tanto que, calculando que no era apropiada una reacción así ante la desgracia de aquel individuo, no tendría más remedio que volver a someterse a un nuevo acto de contrición a manos de su hermano el canónigo. «A este paso no va a criar la senda perejil», reflexionaba pensando en tanta ida y venida al y del sagrado recinto catedralicio. Mucho tardó en equilibrar sus asuntos religiosos, pero de seguir con esa dinámica tan recurrente acabaría por convertirse en una adicción más, al abusar exageradamente del uso de la liturgia puesta a su disposición.

Seis meses transcurrieron, y toda una recolecta de cuendas tuvo que producirse para que Bárbara acabara sincerándose totalmente con él, al mismo nivel o incluso mayor del que compartía habitualmente con su hermano el canónigo en el confesionario.

Un escrito que Marina dirigió a Candela a los puestos del Malecón, con instrucciones de que se lo hicieran llegar a Marcial si era posible pues ignoraba su actual paradero, propició que el sobre terminara en su poder por obra y gracia de Candela, ya muy curtida y suelta entre los lugares claves de la zona.

Marcial lo correspondió con toda la premura de que fue capaz, facilitándole las señas de su domicilio actual, y le hacía una solemne petición para que regresara con él; le decía con todos los respetos, que Las Pedroñeras no era sitio para la mujer que estuviera dispuesta a compartir su vida, y encarecidamente le rogaba su regreso con el que procurarían consolidar una relación estable de pareja, que les permitiera a ambos afrontar el futuro con esperanza, y una renovada ilusión por el porvenir.

Cosechó la totalidad de las bolitas que ese año produjeron sus bien cuidados tallos de cuendas, y en cinco saquitos llevados a mano se los entregó a Candela en su puesto de baratijas en el mercadillo del Malecón:

—Candela, toda la producción de este año está aquí en estas bolsas, me he quedado con un par de docenas para volverlas a plantar la próxima primavera. Ahora me voy a Las Pedroñeras a recoger a Marina que regresa a vivir conmigo a la casa de la huerta, y en la que a partir del momento en que ella esté, tu siempre serás bien recibida y estarás invitada de por vida; y ten presente que el buda tuyo presidirá el salón de mi casa en tu honor.

Candela no pudo evitar el acabar emocionándose, ante un gesto tan noble y leal por parte de su amigo; cuando se sobrepuso recomponiendo la expresión y el tono de voz, sin ningún recato le transmitió:

—Marcial, siempre hasta que me muera, allá donde estén las cuendas tu esencia estará entre ellas. Si los budas son el reflejo de mi espíritu, y el pachuli el aroma de mi alma, las cuendas serán la imagen de alguien tan especial en mi vida como yo misma lo soy; y ese alguien eres tú… único e insustituible. Que Dios te bendiga Marcial.

CAPÍTULO 11

Los frutos del árbol

Una sola cosa le advirtió Candela como medida de precaución para cuando regresara acompañado de Marina, y fue la de explicarle detenidamente y sin intención de provocar animadversiones entre ellos, que de quien estuvo celosa y quien realmente a ella le gustaba era Marina. Todo lo que ocurrió en aquella fiesta, después de destrozar las ramas de cuendas plantadas bajo el árbol de la concordia fue por ella, y no por Marcial.

Le pidió disculpas otra vez, pero no podía evitar ser como era y actuar como lo hacía, sin mala fe pero con sinceridad y coherencia; Marcial nunca cambiará pero ella tampoco, y eso es algo ya archisabido por los dos desde mucho tiempo atrás, por lo que no era de recibo el llamarse a engaño en ese asunto por parte de ninguno.

Marina y Marcial regresaron, instalándose con la reverencia que por sus respectivas edades requería la ocasión, pues ya no eran unos niños y las heridas dejan cicatrices, si bien la voluntad todo lo suple, y a veces las buenas intenciones mueven las montañas con mayor facilidad que la fe misma, que ruega, pide e implora con denuedo, sin otro aparente resultado positivo distinto a fenecer embriagado por ella, con la paz espiritual que le proporciona a quien la profesa con devoción.

Al poco tiempo, Marcial se marchó un mediodía a almorzar con Mario, se habían citado aprovechando las dos horas de descanso en el taller para comentar como le iba a cada uno en su nueva faceta con las vidas por separado, él con Marina en su casa de la huerta, y su amigo cortejando ya casi febrilmente a Bárbara, hasta el extremo de aconsejarle que se divorciara de su marido y se casara con él. Se lo autoimpuso como un objetivo a perpetuidad objeto de conquista, antes que el jefe supremo de su hermano el religioso lo llamara a capítulo para rendir cuentas.

Enterada Candela, se presentó en la casa de La Arboleja con unos pasteles de carne típicos de Murcia comprados en «Barba», cuyo renombre trascendía regiones siendo conocidos en la mitad de la geografía española por su calidad y su buen hacer. Un par de empanadas y un *cuerno* gigante hecho con hojaldre y merengue como postre llevó en otra bandeja por dudar del paladar de Marina, no nacida ni acostumbrada a los gustos de esta tierra tan excepcional en el comer, como avispada en el degustar de lo bueno lo mejor, dentro del rico y extenso repertorio de su gastronomía.

Marina se sorprendió enormemente, aceptando las ofrendas e invitando a Candela a almorzar con ella ante la ausencia de Marcial; no regresaría demasiado tarde y esos manjares le venían de perlas, casi como anillo al dedo.

Siempre había escuchado que «cuando el diablo no tiene nada que hacer con el rabo mata moscas», y un demonio enfundado en un cuerpo de mujer invadió aquella casa, con la única pretensión de tantear el terreno ilusionada por percibir algún destello de parte de Marina, como respuesta a una secreta ambición que pretendía no ser insidiosa, pero sí práctica y satisfactoria para sus encubiertos deseos.

Las dos amigas se alimentaron copiosamente, y bebieron con igual entusiasmo haciendo tiempo al regreso de Marcial. Su retraso provocó el exceso en la ingesta de un licor de hierbas que entre ellas se encargaron de apurar, y unas sublimes insinuaciones las llevaron a descansar sobre la cama durmiendo una profunda siesta, que diluyó los efluvios que el abuso les proporcionó a las dos, renuentes ambas en el hábito de beber, e infinitamente más dadas a las escaramuzas patrocinadas por Morfeo.

El reloj no llegó a marcar las cinco de la tarde, y Marcial apareció por casa igualmente con la idea de descansar un rato, entró en el dormitorio, y restregándose los ojos se cercioró que lo que estos contemplaban se correspondía con la realidad. Allí permanecían postradas las dos amigas respirando acentuadamente, y cubiertas por una ligera sábana de lino.

El excepcional grito esta vez sí que tuvo repercusión en toda la huerta, porque el salto que dieron las mujeres fue tan electrizante como su propio pánico. Vestidas y dormidas no fue posible encontrarles otro pecado, que el asumido por esa costumbre tan manida de la mitad sur de la península ibérica que era la de echar la siesta. Sus ojos le traicionaron y la imaginación se encargó del resto, dándose cuenta que al final todo se resumía en «mucho ruido y pocas nueces»... cualquiera sabe.

Recapacitó al sopesar la posibilidad, de estar rememorando un acontecimiento similar al vivido tiempo atrás en casa de la señora Maruja, no era plato de su agrado, ni tan siquiera lo admitía como mal menor; pero la realidad es tan tozuda que cuando uno pretende desenvolverse en ella, no le queda más remedio que hacer de tripas corazón, y superar ciertas barreras que en circunstancias normales serían de todo punto inaceptables.

Seguramente esa imagen no era lo que en un principio parecía, aunque si lo fuese la alternativa justificaba su aceptación, y llegado el caso la connivencia.

Las consecuencias finales podrían ser odiosas, si bien el resultado inmediato parecía ser positivo, en tanto en cuanto sea apetecido y admitido por todas las partes, y él ya no estaba en posición de elegir ni de imponerse a los tragos que la vida ofrecía, dulces o amargos pero aplacadores de la sed material, y en mayor medida aún de la espiritual.

Ambas amigas rieron hasta hartarse viendo cavilar a un desconcertado Marcial, predispuesto a transigir con el premio que en el sorteo de la vida le tocó, por más que este sea de consolación y totalmente prescindible. Marina y Candela, sin perder la sonrisa y sin retirar la mirada de Marcial se dieron un engañoso beso de amor, que trastocó todo el andamiaje arquitectónico de su cerebro, totalmente absorto en una visión incierta aunque absolutamente real, cual era la que delante de él estaba contemplando ensimismado entre incrédulo y azaroso.

Candela reparó en el autoconvencimiento que su amigo se forjó en su cabeza desde el primer instante, si bien quiso dejar correr el torrente de la retorcida inventiva de Marcial, como represalia a cuantas angustias le hizo pasar desde que conformaron una pareja al uso, en la que él disponía y ella se subordinaba, salvando los supuestos en que los papeles se invertían, y era ella, habilidosa y sutil, la que manipulaba la relación en beneficio propio.

Pronto las dudas se disiparon, y Marcial cansado y con sueño se hizo un hueco en la cama entre las dos damiselas, ordenándoles no gritar y que lo despertaran en una hora. Mucho llovió desde que esas pícaras escenas tuvieron lugar en otra tierra hasta llegar al momento presente, pero antes de dormirse se defendió razonando que en Murcia prácticamente no llovía nunca, y por eso apreció esas imágenes como recientes, sin valorar la distancia habida entre unas y otras.

A pesar de todo, a nadie le sonrió más la vida que a su amigo Mario, con lo bestia y animal que siempre fue, y ahora venía de contarle que por fin pudo poner una pica en Flandes, al lograr que Bárbara se divorciara de su casto y pudoroso marido, para que el canónigo Javier ejerciera de testigo en el enlace civil de una nueva pareja, imposibilitada a ser bendecida su unión ante los ojos de Dios, por mor de la negativa de la jerarquía eclesiástica; pero sí ante los ojos de los hombres a la que él asistió a título personal.

El canónigo Javier apuntaló el axioma de que los extremos se juntan, y por eso Mario y Bárbara contrajeron matrimonio uniéndose como dos imanes, a pesar de sus diferencias culturales y otras de diversa índole; y es que la buena fe es lo que cuenta, y para presumir de ella esa pareja se las pintaba sola. Quién mejor podría afirmar tal cosa que su propio confesor.

Lo que los dos tortolitos no sabían, era que sus amigos por su cuenta y riesgo y ayudados del canónigo Javier, habían precipitado su unión haciéndola coincidir en el tiempo con la de ellos, y aprovecharon la circunstancia favorable para simultáneamente contraer matrimonio también. Con el auspicio del religioso consiguieron a su vez que los contrayentes que les precedieron, ejercieran de testigos en la última boda del día: la de Marcial y Marina ante el estupor de los recién casados.

Los papeles se intercambiaron, y Marcial pasó a ser el protagonista de un postrer y emotivo enlace sellado a cal y canto en la tierra, y bendecido a perpetuidad allá por los nebulosos predios celestes, cuya área de influencia alcanza tal dimensión, que terminó amparando bajo su manto invisible a ese humilde e *incorregible* mortal…

La tenacidad se puede convertir en obstinación, y la perseverancia en una irreductible posición de la que siempre negaremos apearnos para no dar nuestro brazo a torcer, pero el fondo el ser humano, aunque visceral y anacrónico, siempre mantiene viva la llama constante de su propia esencia con la que propaga, tanto el fuego del amor como el del honor y el de las buenas formas, que atemperan su personalidad enriqueciendo con sus obras vidas ajenas, igual o más merecedoras de enaltecimiento que la suya propia.

Es por ello que si en nuestra existencia no nos va tan mal, quizás merezca la pena continuar siendo unos «incorregibles».

ÍNDICE